सिद्धार्थ

सिद्धार्थ

हरमन हेस

अनुवाद
नीलाभ

ISBN : 9789350642344

प्रथम संस्करण : 2014, द्वितीय आवृत्ति : 2015

हिन्दी अनुवाद © राजपाल एण्ड सन्ज़

SIDDHARTH by Hermann Hesse

राजपाल एण्ड सन्ज़

1590, मदरसा रोड, कश्मीरी गेट-दिल्ली-110006

फोनः 011-23869812, 23865483, फैक्सः 011-23867791

website : www.rajpalpublishing.com

e-mail : sales@rajpalpublishing.com

क्रम

ब्राह्मण का बेटा 7

श्रमणों के साथ 15

गौतम 24

जागृति 32

कमला 36

लोगों के बीच 49

संसार 57

नदी के पास 65

माँझी 76

पुत्र 87

ओम 96

गोविन्द 102

ब्राह्मण का बेटा

ब्राह्मण के सुन्दर, सुडौल बेटे, उस युवा विहग, सिद्धार्थ ने बचपन और किशोरावस्था के पड़ाव अपने मित्र गोविन्द के साथ घर की छाया में, नदी के किनारे नावों के पास धूप में और साल के वन और उदुम्बर के गाछ की छाँह में पार किये। नदी तट पर नहाते हुए या पवित्र बलियों के समय पावन स्नान करते हुए सूर्य की किरणें उसके छरहरे कंधों को सँवलाती रहीं। अमराई में खेलते समय, मां के गुनगुनाये गीतों को सुनते हुए, अपने पिता के सामने बैठकर पढ़ते हुए या ज्ञानियों की संगत करते हुए उसकी आँखों के आगे से परछाइयाँ गुज़रती रहीं। सिद्धार्थ पहले ही बहुत दिनों से ज्ञानियों की चर्चा में हिस्सा लेता आया था, गोविन्द के साथ उसने बहसें की थीं और उसी के साथ मनन-चिन्तन और साधना का अभ्यास किया था। अभी से उसने सीख रखा था कि शब्दों के शब्द—ओम्—का उच्चार निःशब्द ढंग से कैसे किया जाए, कैसे उसे साँस के भीतर लेते समय कहे और अपनी आत्मा की पूरी शक्ति से साँस को बाहर निकालते समय भी, शुद्ध अन्तःकरण के प्रकाश से दमकते हुए मस्तक के साथ। अभी से वह अपने अस्तित्व की गहराई में अनश्वर आत्मा को पहचानना जान चुका था—संसार के साथ सामंजस्य की स्थिति में।

उसके पिता के हृदय में अपने पुत्र की वजह से प्रसन्नता थी जो बुद्धिमान था और जिसमें ज्ञान की प्यास थी; वे कल्पित करते कि वह बड़ा होकर महान ज्ञानी, पुरोहित, ब्राह्मणों में सम्राट सरीखा बन गया है।

जब उसकी माँ उसे चलते, बैठते और उठते देखती तो उसकी छाती गर्व से भर उठती; शक्तिशाली, सुन्दर, लचीले अंगों वाला सिद्धार्थ, समूची गरिमा और सौम्यता से उसका अभिवादन करता हुआ।

जब सिद्धार्थ अपने उन्नत मस्तक, सम्राट-सरीखी आँखों और पतली-छरहरी देह के साथ नगर की सड़कों से होकर गुज़रता तो ब्राह्मणों की जवान बेटियों

के दिलों में प्यार लहरें लेने लगता।

उसका दोस्त, ब्राह्मण-पुत्र गोविन्द उसे और किसी से भी अधिक प्यार करता था। उसे सिद्धार्थ की आँखों और साफ़-सुथरी बोली से प्यार था। उसे सिद्धार्थ के चलने के तरीके से प्यार था, उसकी गरिमा-भरी चाल से; सिद्धार्थ जो भी करता या कहता, वह उसे पसन्द था और सबसे ज़्यादा वह उसकी मेधा, उसके सुन्दर आवेश-भरे विचारों, उसकी प्रबल इच्छा-शक्ति, उसके ऊँचे उद्देश्य से प्यार करता था। गोविन्द को मालूम था कि सिद्धार्थ कोई आम ब्राह्मण बन कर नहीं रह जाएगा, कोई आलसी पुरोहित, जादू-भरे सूत्रों का कोई लालची धन्धेबाज़, कोई अहंकारी निकृष्ट वक्ता, कोई दुष्ट और चालाक पुजारी या भेड़ों के बड़े-से रेवड़ के बीच एक भली, बुद्धिविहीन भेड़। नहीं, और वह, गोविन्द, भी इनमें से कुछ नहीं बनना चाहता था, अपनी किस्म के दस हज़ार दूसरे ब्राह्मणों में से एक।

वह सिद्धार्थ का अनुसरण करना चाहता था, अपने भव्य प्रेम-पात्र का। और अगर कभी वह देवता बने, अगर वह कभी परम-ज्योति का अंग बने तो गोविन्द एक मित्र की तरह उसके पीछे-पीछे चलना चाहता था, उसके सखा, उसके सेवक, उसके सेनानी, उसकी छाया की तरह।

इसी तरह सब सिद्धार्थ से प्यार करते थे। वह सबको प्रसन्न और सुखी रखता था।

लेकिन सिद्धार्थ खुद सुखी नहीं था। अंजीर के बाग की गुलाबी वीथियों में टहलते हुए, वृक्षों के झुरमुट की नीली छाया में बैठकर मनन करते हुए, पाप-शुद्धि और प्रायश्चित्त के दैनिक स्नान के दौरान अपने अंग धोते हुए, आचरण की पूरी गरिमा के साथ छायादार अमराई में हवन करते हुए, सबके प्रिय, सबकी प्रसन्नता के कारण होने के बावजूद, उसके अपने हृदय में उत्फुल्लता नहीं थी। नदी की लहरों से, रात के आकाश में टिमटिमाते सितारों से, सूर्य की पिघलती किरणों से, सपने और बेचैन खयाल बहते हुए उस तक आते। हवन के घुमड़ते धुएँ से उठते हुए, ऋग्वेद के मन्त्रों और ऋचाओं से निःसृत होकर, वयोवृद्ध ब्राह्मणों की शिक्षा से रिसते और टपकते हुए स्वप्न और आत्मा की उद्विग्नता उसे घेर लेती।

सिद्धार्थ को अपने भीतर असन्तोष के बीज महसूस होने लगे थे। उसे एहसास होने लगा था कि उसके माता-पिता का स्नेह और उसके मित्र गोविन्द का प्रेम भी उसे हमेशा सुखी नहीं रख पाएगा, उसे शान्ति नहीं दे सकेगा, न उसे सन्तुष्ट और परिपूर्ण कर पाएगा। उसे इस बात का आभास होने लगा था कि उसके योग्य पिता और उसके दूसरे शिक्षक, वे ज्ञानी ब्राह्मण अब तक अपनी विद्या का

अधिकतर और सर्वोत्तम अंश उसे सौंप चुके थे, कि उन्होंने पहले ही अपने ज्ञान का कुल-जमा उसके प्रतीक्षारत पात्र में ढाल दिया था; और यह पात्र पूरा नहीं भर पाया था, उसकी मेधा संतुष्ट नहीं हुई थी, उसकी आत्मा अशांत थी, उसका हृदय थिर नहीं था। नहाने-धोने के कर्मकांड अच्छे थे, पर उनमें केवल जल था; वे पाप नहीं धोते थे, सन्तप्त हृदय को राहत नहीं पहुँचाते थे। बलियाँ और देवताओं से निवेदन सर्वोत्तम थे—मगर क्या वे सब कुछ थे? क्या बलियाँ सुख का संचार करती थीं? और देवताओं की क्या स्थिति थी? क्या सचमुच प्रजापति ने ही दुनिया बनाई थी? क्या केवल आत्मन ने ही उसकी सृष्टि नहीं की थी? क्या देवता मेरी और तुम्हारी तरह रचे गए रूप नहीं थे, मरणशील, भंगुर? तब क्या यह सही और उचित था, क्या देवताओं को बलि देना विवेकपूर्ण और उपयुक्त था? तब सिवा उसके, आत्मन के, उस एकमात्र के, और किसको हम बलि अर्पित करें, किसके प्रति सम्मान जतलाएँ? और फिर यह आत्मन मिलेगा कहाँ, कहाँ था उसका निवास, कहाँ धड़कता था उसका चिरस्थायी हृदय—अगर वह नहीं था आत्मा के भीतर, अन्तरतम में, उस शाश्वत में जो हर व्यक्ति लिये चलता था अपने अन्दर? लेकिन यह स्व, यह अन्तरतम कहाँ था आखिर? वह मांस और हड्डी नहीं था, वह विचार या चेतना नहीं था। यही सिखाया था ज्ञानी पुरुषों ने। तब कहाँ था वह? क्या कोई और रास्ता था जो खोजे जाने योग्य था जिससे स्व की ओर, आत्मन की ओर बढ़ा जा सकता था? कोई वह रास्ता नहीं दिखलाता था, किसी को उसकी जानकारी नहीं थी—न उसके पिता को, न गुरुओं और ज्ञानी पुरुषों को, न पवित्र भजनों को। ब्राह्मण और उनके पवित्र ग्रंथ सब कुछ जानते थे, सब : उन्होंने हर चीज़ को परखा था—संसार की सृष्टि, वाणी की उत्पत्ति, भोजन, श्वास-प्रश्वास, इन्द्रियों की व्यवस्था, देवताओं के कृत्य। उन्हें बेशुमार बातें मालूम थीं—लेकिन इन सब चीज़ों को जानना किसी काम का था क्या—अगर उन्हें वह एक महत्त्वपूर्ण चीज़ नहीं मालूम थी, वह एकमात्र महत्त्वपूर्ण चीज़?

पवित्र ग्रंथों के अनेक श्लोक, सबसे अधिक सामवेद के उपनिषद इस अत्यंत अन्तरंग चीज़ की चर्चा करते थे। लिखा है : 'पूरा विश्व ही तुम्हारी आत्मा है।' कहा गया है कि जब आदमी सो रहा होता है, तब वह अपने अन्तस्तल को भेद कर आत्मा में निवास करता है। इन श्लोकों में आश्चर्यजनक ज्ञान था; ऋषियों का सारा ज्ञान यहाँ मधुमक्खियों द्वारा इकट्ठा किए गए शुद्ध शहद की-सी चित्ताकर्षक भाषा में बयान किया गया था। नहीं, ज्ञानी ब्राह्मणों द्वारा पीढ़ी-दर-पीढ़ी इकट्ठा किए गए और हिफ़ाज़त से रखे गए इस ज्ञान को आसानी से नज़रअन्दाज़

नहीं किया जा सकता था। लेकिन कहाँ थे वे ब्राह्मण, वे पुरोहित जो इस गहरी जानकारी, इस गहन पांडित्य को हासिल करने और सँजोये रखने में ही नहीं, इसे अनुभव करने में भी सफल हुए थे? कहाँ थे वे दीक्षित-अभिमंत्रित व्यक्ति जो नींद के दौरान आत्मा को उपलब्ध करने के बाद उसे चेतनावस्था में, जीवन में, हर जगह, वाणी और कर्म में सँजोये रख सकते थे? सिद्धार्थ बहुत-से योग्य ब्राह्मणों से परिचित था, सबसे ऊपर उसके पिता—धर्मपरायण, ज्ञानी, प्रतिष्ठित, सम्मानित। उसके पिता प्रशंसा योग्य थे; उनका आचरण शान्त और गरिमा-भरा था। वे अच्छा जीवन जीते थे, उनके शब्दों में ज्ञान था; उनके दिमाग में ऊँचे और प्रकाण्ड विचार रहते थे—लेकिन क्या वे भी, जो इतना जानते थे, आनंद का जीवन जीते थे? क्या उनके भीतर शान्ति थी? क्या वे भी सतत अन्वेषी नहीं थे, कभी तृप्त न होनेवाले? क्या वे भी लगातार न बुझनेवाली प्यास लिये उन पवित्र स्रोतों के पास नहीं जाते थे, यज्ञों और बलियों में हिस्सा लेने, धर्म-ग्रन्थों का पारायण करने, ब्राह्मणों और पंडितों के वाद-विवाद और धर्म-चर्चा को सुनने? जो निर्मल और निर्दोष है, उसे हर रोज़ नये सिरे से अपने पापों को क्यों धोना पड़े और खुद को शुद्ध करना पड़े? तो क्या उसके भीतर आत्मन नहीं था? क्या स्रोत उसके अपने हृदय के भीतर नहीं था? हमें खुद अपने अस्तित्व के भीतर उस स्रोत को खोजना चाहिए, हमें उसे पाना चाहिए। बाकी सब कुछ महज़ तलाश थी—एक भटकाव, भूल।

यही थे सिद्धार्थ के मन में उठने वाले विचार; यही उसकी प्यास थी, उसकी वेदना।

वह अक्सर छान्दोग्य उपनिषद के शब्द मन-ही-मन दोहराता। 'वास्तव में, ब्रह्म का नाम सत्य है। निश्चय ही जो इसे जानता है हर रोज़ स्वर्ग लोक में प्रवेश करता है।' अक्सर वह बहुत पास जान पड़ता—वह स्वर्गलोक—लेकिन वह कभी उस तक पहुँच नहीं पाया था, वह कभी अपनी अन्तिम प्यास नहीं बुझा सका था। और उन ज्ञानी जनों में, जिन्हें वह जानता था और जिनके उपदेशों से उसे आनन्द मिलता था, एक भी ऐसा नहीं था जो पूरी तरह उस तक पहुँच पाया था—उस स्वर्ग लोक तक—किसी एक ने भी अपनी अन्तिम प्यास नहीं बुझाई थी।

''गोविन्द,'' सिद्धार्थ ने अपने मित्र से कहा, ''गोविन्द, आओ मेरे साथ बरगद के पेड़ तक चलो। हम ध्यान लगाने का अभ्यास करेंगे।''

वे बरगद के पेड़ तक गए और बीस कदमों के अन्तर पर बैठ गए। बैठकर

ओम का उच्चारण करने के लिए तैयार होने पर सिद्धार्थ ने धीमी आवाज़ में श्लोक पढ़ा :

ओम धनु है, आत्मा तीर
ब्रह्म ही तीर का लक्ष्य
जिस पर साधक बिना विचलित हुए
निशाना साधता है

जब साधना के लिए परम्परा से निर्धारित समय बीत गया तब गोविन्द उठा। शाम हो गई थी। अब सन्ध्याकालीन स्नानादि कृत्य सम्पन्न करने का समय था। उसने सिद्धार्थ को उसका नाम लेकर पुकारा; उसने कोई जवाब नहीं दिया। सिद्धार्थ आत्मलीन बैठा था, उसकी आँखों की टकटकी लगी हुई थी, मानो वे किसी दूर के लक्ष्य पर केन्द्रित हों, उसकी जीभ का अगला सिरा उसके दाँतों के बीच से नज़र आ रहा था। लगता था, वह साँस भी नहीं ले रहा। वह इसी तरह बैठा था, साधना में लीन, ओम सोचता हुआ, उसकी आत्मा तीर की तरह ब्रह्म पर केन्द्रित।

एक बार कुछ श्रमण सिद्धार्थ के नगर से होकर गुज़रे थे। घुमन्तू साधु-संन्यासी, वे तीन दुबले-पतले, जीर्ण-जर्जर लोग थे; न बूढ़े, न जवान, धूल-धूसरित लहूलुहान कंधों वाले, लगभग नग्न, धूप से झुलसे, एकाकी, विचित्र और प्रतिकूल—आदमियों की दुनिया में मरकहे शृगाल। उनके गिर्द थिर आवेग का, विनाशकारी सेवा का, निर्मम आत्म-निग्रह का वातावरण था।

शाम को, मनन के समय के बाद सिद्धार्थ ने गोविन्द से कहा, ‘‘मित्र, कल सुबह सिद्धार्थ श्रमणों में शामिल होने जा रहा है। वह श्रमण बनने जा रहा है।’’

गोविन्द ने जब ये शब्द सुने और अपने मित्र के दृढ़-प्रतिज्ञ मुख पर इस निर्णय को बाँचा, कमान से छूटे तीर की तरह अविचलित, उसका चेहरा फक् पड़ गया। अपने मित्र के चेहरे पर पहली नज़र डालते ही गोविन्द को एहसास हो गया कि यह शुरुआत थी। सिद्धार्थ अपनी राह पर जा रहा था, उसकी नियति अपने को खोलना, उजागर करना शुरू कर रही थी, और उसकी नियति के साथ खुद गोविन्द की नियति को भी। और वह केले के सूखे छिलके की तरह पीला पड़ गया।

‘‘आह सिद्धार्थ,’’ वह चिल्ला उठा, ‘‘क्या तुम्हारे पिता इसकी इजाज़त देंगे ?’’

सिद्धार्थ ने उसकी तरफ़ ऐसे देखा मानो वह अभी-अभी जगा हो। बिजली की तेज़ी से उसने गोविन्द की आत्मा को पढ़ लिया, उसकी उद्विग्नता को, उसकी

हताशा और समर्पण को जान लिया।

"हम बेकार की बात नहीं करेंगे, गोविन्द," उसने नरमी से कहा, "कल भोर के समय मैं श्रमणों का जीवन शुरू करूँगा। इस पर अब दोबारा कोई बात मत करना।"

सिद्धार्थ उस कमरे में गया जहाँ उसके पिता मूँज की चटाई पर बैठे हुए थे। वह अपने पिता के पीछे जाकर खड़ा हो गया और वहीं खड़ा रहा जब तक कि उसके पिता को उसकी मौजूदगी का एहसास नहीं हो गया। "तुम हो, सिद्धार्थ?" उसके पिता ने कहा। "बोलो, तुम्हारे मन में क्या है?"

सिद्धार्थ ने कहा, "पिता जी, आपकी अनुमति से मैं आपको बताने आया हूँ कि कल मैं आपका घर छोड़कर संन्यासियों में शामिल होना चाहता हूँ। मेरी इच्छा श्रमण बनने की है। मुझे विश्वास है मेरे पिता मना नहीं करेंगे।"

सिद्धार्थ के पिता इतनी देर खामोश रहे कि कमरे की छोटी-सी खिड़की के सामने से सितारे गुज़र गए और चुप्पी के अन्ततः भंग होने से पहले आकाश में उनका नक्शा भी बदल गया। उनका बेटा हाथ बाँधे, मौन और निश्चल खड़ा रहा। पिता, खामोश और बेहरकत, चटाई पर बैठे रहे और सितारे आसमान में अपनी जगह बदलते रहे। फिर सिद्धार्थ के पिता ने कहा : "ब्राह्मणों को आक्रोश-भरे और बल दर्शाने वाले शब्द कहना शोभा नहीं देता, लेकिन मेरे हृदय में रोष है। मैं तुम्हें यह अनुरोध दोहराते नहीं सुनना चाहूँगा।"

वे धीरे से उठे। सिद्धार्थ हाथ बाँधे खामोश रहा।

"तुम रुके क्यों हो?" उसके पिता ने पूछा।

"आप जानते हैं क्यों," सिद्धार्थ ने जवाब दिया।

नाखुश होकर उसके पिता कमरे से चले गए और अपने बिस्तर पर जा लेटे। जब एक घंटा बीत गया और वे सो नहीं पाए तो उठे, कुछ देर आगे और पीछे चहलकदमी करते रहे और फिर घर के बाहर आ गए। कमरे की छोटी-सी खिड़की से उन्होंने सिद्धार्थ को उसी तरह हाथ बाँधे निश्चल खड़े देखा। वे उसके पीले कुर्ते को झिलमिलाते देख सकते थे। उद्विग्न हृदय के साथ पिता फिर अपने बिस्तर पर लौट आए।

एक और घंटे के बीतने पर भी जब वे सो नहीं पाए तो वे फिर उठे, आगे-पीछे टहले, घर के बाहर आए और उन्होंने देखा कि चाँद उग आया था। उन्होंने खिड़की से भीतर झाँका। सिद्धार्थ वहीं खड़ा था, बिना हिले-डुले, बाँहें छाती पर बाँधे। चाँद उसकी टाँगों के निचले हिस्से पर चमक रहा था। उद्विग्न हृदय लिये पिता

बिस्तर पर आ लेटे।

वे एक घंटे बाद फिर उठे और उसके बाद दो घंटे बीतने पर और खिड़की से झाँकने पर उन्होंने सिद्धार्थ को वहीं खड़े देखा, चाँदनी में, तारों की रोशनी में, अँधेरे में। और एक-एक घंटे के बाद, बेआवाज़ आकर, उन्होंने सिद्धार्थ को उसी तरह बिना हिले-डुले खड़े देखा। उनका हृदय क्रोध से, चिन्ता से, भय और दुख से भर गया।

और रात के अन्तिम पहर में, पौ फटने से पहले, वे फिर लौटे, कमरे के भीतर गए और उन्होंने युवक को वहाँ खड़े देखा। वह उन्हें ऊँचे कद का और अजनबी-सा जान पड़ा।

"सिद्धार्थ," वे बोले, "तुम यहाँ क्यों रुके हुए हो?"

"आप जानते हैं क्यों।"

"क्या तुम सुबह, दोपहर और शाम तक इसी तरह खड़े प्रतीक्षा करते रहोगे?"

"मैं खड़ा रहूँगा और प्रतीक्षा करूँगा।"

"तुम थक जाओगे, सिद्धार्थ।"

"मैं थक जाऊँगा।"

"तुम्हें नींद आ जाएगी, सिद्धार्थ।"

"मुझे नींद नहीं आएगी।"

"तुम मर जाओगे, सिद्धार्थ।"

"मैं मर जाऊँगा।"

"और क्या तुम अपने पिता की आज्ञा का पालन करने की बजाय मरना चाहोगे?"

"सिद्धार्थ ने हमेशा अपने पिता की आज्ञा का पालन किया है।"

"सो तुम अपनी योजना छोड़ दोगे?"

"सिद्धार्थ वही करेगा जो उसके पिता उससे कहते हैं।"

दिन की पहली-पहली रोशनी कमरे में दाखिल हुई। ब्राह्मण पिता ने देखा कि सिद्धार्थ के घुटने हल्के-हल्के काँप रहे थे, लेकिन सिद्धार्थ के चेहरे पर कोई थरथराहट नहीं थी; उसकी आँखें दूर कहीं टिकी हुई थीं। तब पिता को एहसास हुआ कि सिद्धार्थ अब और उनके साथ घर पर नहीं रह सकता था—कि वह उनसे किनारा कर चुका था।

पिता ने सिद्धार्थ के कन्धे को छुआ।

"तुम वन में जाओगे," वे बोले, "और श्रमण बनोगे। अगर तुम्हें वन में

आनन्द प्राप्त हो तो वापस आकर मुझे सिखाना। अगर तुम्हें मायाजाल से मुक्ति मिले तो वापस आना और हम मिलकर फिर से देवताओं को बलि देंगे। अब जाओ, अपनी माँ से विदा लो और उसे बता दो कि तुम कहाँ जा रहे हो। लेकिन मेरे लिए अब नदी पर जाकर सुबह के स्नान-ध्यान का समय हो गया है।''

उन्होंने अपने बेटे के कन्धे से हाथ हटा लिया और बाहर चले गए। सिद्धार्थ ने चलने की कोशिश की तो वह डगमगाया। उसने खुद को सँभाला, पिता की ओर झुककर नमन किया और जो उससे कहा गया था, वह करने के लिए अपनी माँ के पास गया।

भोर के समय नींद में डूबे नगर को वह सुन्न टाँगों पर धीरे-धीरे छोड़कर जैसे ही आगे बढ़ा, आखिरी झोपड़ी से एक झुकी दुबकी छाया निकली और पथिक के साथ हो ली। वह गोविन्द था।

''तुम आ गए,'' सिद्धार्थ ने कहा और मुस्कराया।

''मैं आ गया,'' गोविन्द ने कहा।

श्रमणों के साथ

उसी दिन शाम होते-होते उन्होंने आगे बढ़कर श्रमणों को जा लिया और उनके संग-साथ और कृपा का अनुरोध किया। वे स्वीकार कर लिये गए।

सिद्धार्थ ने अपने वस्त्र सड़क-चलते एक गरीब ब्राह्मण को दे दिये और सिर्फ़ अपनी लंगोटी और मिट्टी के रंग का अनसिला लबादा अपने पास रखा। वह दिन में सिर्फ़ एक बार खाता और कभी भोजन न पकाता। उसने चौदह दिन उपवास किया। उसने अट्ठाईस दिन उपवास किया। उसकी टाँगों और गालों से मांस गायब हो गया। उसकी फैल गई आँखों में अजीबो-गरीब सपनों की परछाइयाँ झलकतीं। उसकी पतली-पतली उँगलियों के नाखून लम्बे हो गए और एक सूखी, कँटीली दाढ़ी उसकी ठोढ़ी पर नज़र आने लगी। औरतों का सामना होने पर उसकी निगाह बर्फ-सी ठंडी हो जाती; जब वह अच्छे कपड़े पहने लोगों के नगर से गुज़रता तो उपेक्षा से उसके होंट सिकुड़ जाते। वह व्यापारियों को सौदा बेचते, राजकुमारों को शिकार के लिए जाते, शोकाकुल लोगों को अपने मृत जनों पर रोते, वेश्याओं को अपनी देह प्रस्तुत करते, वैद्यों को रोगियों का उपचार करते, पुजारियों को बोआई का मुहूर्त तय करते, प्रेमियों को प्रेम करते, माँओं को बच्चे बहलाते देखता—और ये सब उड़ती हुई निगाह के भी लायक नहीं थे, हर चीज़ झूठी थी, झूठ से गँधाती थी; वे सब चेतना, सुख और सौन्दर्य का मायाजाल थे। सब-के-सब सड़ने, नष्ट होने के लिए अभिशप्त थे। संसार कड़वा लगता—जीवन दुख से भरा था।

सिद्धार्थ का केवल एक लक्ष्य था—खाली हो जाना; प्यास, इच्छा, सपनों, सुख और दुख से रहित हो जाना—स्व को मर जाने देना। निजता से रहित होना, रिक्त हृदय की शान्ति का अनुभव करना, शुद्ध विचारों की अनुभूति—यही उसका उद्देश्य था। जब समूचा स्वत्व जीता जा चुके, मर जाए, जब सभी आवेग और

इच्छाएँ खामोश हो जाएँ, तब अन्तिम को तो जागना ही होगा, अस्तित्व का वह अन्तरतम जो स्व नहीं रह गया होगा—वह महान रहस्य!

खामोशी से सिद्धार्थ सूरज की तीखी धूप में खड़ा था, पीड़ा और प्यास से भरा हुआ, और तब तक खड़ा रहा जब तक उसे पीड़ा और प्यास की अनुभूति नहीं रही। खामोशी से वह वर्षा में खड़ा रहा, पानी उसके बालों से उसके ठिठुरते कन्धों पर टपकता रहा, उसके ठिठुरते कूल्हों और टाँगों पर। और तपस्वी तब तक खड़ा रहा जब तक कि उसके कन्धों और टाँगों की ठिठुरन बन्द नहीं हो गई, वे शान्त नहीं हो गईं, थिर नहीं हो गईं। खामोशी से वह काँटों के बीच दुबका रहा। उसकी छरछराती चमड़ी से खून टपका, घाव बन गए और सिद्धार्थ जड़, निश्चल बना रहा, जब तक कि खून का बहना बन्द नहीं हो गया, चुभन खत्म हो गई, छरछराहट जाती रही।

सिद्धार्थ सीधा तन कर बैठा और उसने अपनी साँस को बचाना सीखा, बहुत थोड़ी साँस से काम चलाना, साँस को रोके रखना। साँस अन्दर को खींचते हुए उसने दिल की धड़कन को शान्त करना सीखा, धड़कनों को कम करना सीखा, जबकि बहुत थोड़ी धड़कनें रह गईं और फिर मुश्किल से थोड़ी-सी ही बचीं।

श्रमणों में सबसे वरिष्ठ की देख-रेख और शिक्षा में सिद्धार्थ श्रमणों के नियमों के अनुसार आत्म-निग्रह और ध्यान लगाने का अभ्यास करने लगा। बँसवारी के ऊपर से एक बकुल पाखी उड़ता हुआ गया और सिद्धार्थ बकुल पाखी को अपनी आत्मा में धारण कर वनों और पर्वतों के ऊपर से उड़ता चला गया, बकुल पाखी बन गया, मछलियाँ खाईं, बकुल पाखी की भूख महसूस की, बकुल भाषा इस्तेमाल की, बकुल पाखी की मृत्यु मर गया। रेतीले तट पर एक मरा हुआ सियार पड़ा था और सिद्धार्थ की आत्मा उसकी लाश में प्रवेश कर गई; वह मुर्दा सियार बन गया, तट पर पड़ा रहा, फूला, गंधाया, सड़ गया, लकड़बग्घों द्वारा टुकड़े-टुकड़े कर दिया गया, गिद्धों द्वारा नोचा गया, कंकाल बन गया, मिट्टी में मिल गया, वातावरण में घुल गया। और सिद्धार्थ की आत्मा लौटी, मरी, सड़ी, मिट्टी में बदली, जीवन-चक्र की बेचैन राह से परिचित हुई, उसका अनुभव किया। उसने एक नयी प्यास के साथ किसी शिकारी की तरह एक खड्ड के किनारे इन्तज़ार किया, जहाँ जीवन चक्र समाप्त होता है, जहाँ कारणों का अन्त होता है, जहाँ पीड़ाहीन अनन्तता शुरू होती है। उसने अपनी इन्द्रियाँ मार दीं, उसने अपनी स्मृति मार दी, वह हज़ार अलग-अलग रूपों में अपने स्वत्व से बाहर सरक आया। वह पशु, शव, पत्थर, लकड़ी, पानी बना और हर बार वह फिर से जाग गया। चन्द्रमा

का सूर्य चमका, वह फिर से स्व बना, जीवन-चक्र में झूलता हुआ दाखिल हुआ, उसने प्यास महसूस की, प्यास जीती, नयी प्यास महसूस की।

सिद्धार्थ ने श्रमणों से बहुत कुछ सीखा; उसने निजता से छुटकारा पाने के बहुत-से तरीके सीखे। उसने पीड़ा से होकर, स्वेच्छा से सही गई तकलीफ़ और पीड़ा पर विजय पाने के माध्यम से, भूख, प्यास और थकान से होकर आत्म-निग्रह के पथ का अनुसरण किया। उसने ध्यान और मनन द्वारा, मन-मस्तिष्क को सभी छवियों-बिम्बों से रहित करने के साधन से आत्म-निग्रह की राह तय की। उसने इन राहों के साथ-साथ दूसरे पथों पर यात्रा करना सीखा। हज़ारों बार उसने अपने स्व को गँवाया और कई-कई दिनों तक अनस्तित्व में निवास किया। लेकिन हालाँकि ये पथ उसे निजता से, स्व से दूर ले गए, अन्त में वे हमेशा उसे उसी तक लौटा लाए। हालाँकि सिद्धार्थ हज़ार बार स्व से भागा, उसने शून्य में निवास किया, पशु और पत्थर में निवास किया, लेकिन वापसी अनिवार्य थी; वह घड़ी अनिवार्य थी जब वह फिर से खुद को धूप या चाँदनी, छाया या वर्षा में पाता और फिर एक बार स्व और सिद्धार्थ होता, फिर दूभर जीवन-चक्र की वेदना महसूस करता।

गोविन्द उसके साथ मौजूद रहा, उसकी छाया; उसने भी उसी पथ पर यात्रा की, वही प्रयास किए। अपनी सेवा और अभ्यासों की ज़रूरतों के अलावा वे बिरले ही एक-दूसरे से बात करते। कभी-कभी वे अपने और अपने गुरुओं के लिए भोजन की भिक्षा माँगने साथ-साथ गाँवों में जाते।

"तुम्हारा क्या खयाल है, गोविन्द?" सिद्धार्थ ने इन्हीं भिक्षाटन के दौरान एक दिन पूछा। "तुम्हारे खयाल में हम कुछ आगे पहुँचे हैं? क्या हम अपने लक्ष्य तक पहुँचे हैं?"

गोविन्द ने जवाब दिया, "हमने सीखा है और अब भी सीख रहे हैं। तुम एक महान श्रमण बनोगे, सिद्धार्थ! तुमने हर अभ्यास जल्दी से सीख लिया है। बूढ़े श्रमणों ने अक्सर तुम्हें सराहा है। एक दिन तुम पुण्यात्मा बन जाओगे।"

सिद्धार्थ ने कहा, "मुझे तो ऐसा नहीं लगता, मित्र। अब तक श्रमणों से मैंने जो कुछ सीखा है वह मैं कहीं अधिक जल्दी और आसानी से वेश्याओं के मुहल्ले में, हर सराय में, कहारों और जुआरियों के बीच सीख जाता।"

गोविन्द बोला, "सिद्धार्थ ठिठोली कर रहा है। तुम उन निकम्मों और पाजियों के साथ मनन करना, साँस रोकना और भूख और पीड़ा के प्रति उदासीनता कैसे सीखते?"

और सिद्धार्थ ने धीमे स्वर में कहा, मानो खुद अपने से बात कर रहा हो, ''क्या है मनन और ध्यान? देह के निग्रह का क्या मतलब है? उपवास क्या है? साँस रोकना क्या है? यह अपने से, अपनी निजता से भागना है, थोड़े समय के लिए आत्मा की वेदना से मुक्ति पाना है। जीवन की पीड़ा और मूर्खता का अस्थायी उपचार है। जब बैलगाड़ी हाँकने वाला सराय में चावल की मदिरा या नारियल पानी के कुछ कटोरे पीता है, तब वह भी यही उड़ान भरता है, यही अस्थायी औषधि लेता है। तब वह भी अपने आत्म को महसूस करना बन्द कर देता है, जीवन की पीड़ा की अनुभूति से परे चला जाता है; तब वह अस्थायी छुटकारे का अनुभव करता है। नींद की बेहोशी में चावल की शराब के कटोरे पर लुढ़क जाने के बाद उसे भी वही प्राप्त होता है जो सिद्धार्थ और गोविन्द को, जब वे लम्बे अभ्यासों और साधना द्वारा अपनी देहों से मुक्त होकर अनस्तित्व में निवास करते हैं।''

गोविन्द ने कहा, ''मित्र? तुम यह सब कह रहे हो और इस पर भी तुम जानते हो कि सिद्धार्थ कोई बैलगाड़ी हाँकने वाला नहीं है और श्रमण कोई पियक्कड़ नहीं है। पियक्कड़ को निश्चय ही छुटकारा मिलता है; बेशक, उसे थोड़ी देर के लिए राहत और आराम मिलता है, लेकिन वह इस भ्रान्ति से लौट कर पाता है कि सब कुछ पहले जैसा ही है। वह पहले से ज़्यादा समझदार नहीं बना, उसे ज्ञान नहीं प्राप्त हुआ, वह और ऊँचा नहीं उठा।''

सिद्धार्थ ने मुख पर एक स्मिति के साथ जवाब दिया, ''मुझे नहीं मालूम। मैं कभी पियक्कड़ नहीं रहा। लेकिन यह बात मैं, सिद्धार्थ, ज़रूर जानता हूँ कि मुझे अपने अभ्यास और मनन में बहुत कम राहत और आराम मिलता है और मैं ज्ञान से, मोक्ष से, उतनी ही दूर हूँ जितना गर्भ के भीतर कोई बच्चा।''

एक और मौके पर जब सिद्धार्थ अपने बंधुओं और गुरुओं के लिए भोजन जुटाने के उद्देश्य से भिक्षा माँगने गोविन्द के साथ वन से चला तो उसने बात शुरू की और कहा, ''तो गोविन्द, क्या हम लोग सही पथ पर हैं? क्या हमारा ज्ञान बढ़ रहा है? क्या हम मोक्ष की दिशा में अग्रसर हैं? या शायद हम लगातार चक्कर काट रहे हैं—हम जिन्होंने इस चक्र से मुक्ति के बारे में सोचा था?''

गोविन्द ने कहा, ''हमने काफ़ी सीखा है, सिद्धार्थ। अब भी बहुत सीखना बाकी है। हम चक्कर नहीं काट रहे, हम ऊपर को बढ़ रहे हैं। पथ गोल-गोल घूमता हुआ ऊपर को चढ़ता है; हम अब तक बहुत सीढ़ियाँ चढ़ आए हैं।''

सिद्धार्थ ने जवाब दिया, ''तुम्हारे खयाल में हमारे योग्य गुरु, सबसे बड़े

श्रमण की क्या उम्र होगी?''

गोविन्द ने कहा, ''मेरे खयाल में सबसे बड़े लगभग साठ साल के होंगे।''

और सिद्धार्थ ने कहा, ''वे साठ साल के हैं और अभी तक उन्हें निर्वाण नहीं प्राप्त हुआ। वे सत्तर और फिर अस्सी साल के हो जाएँगे और तुम और मैं, हम, उनके जितने बूढ़े हो जाएँगे और अभ्यास और उपवास और मनन करेंगे, लेकिन हमें निर्वाण नहीं प्राप्त होगा। हम सान्त्वनाएँ खोजते हैं, हम अपने को छलने के लिए चालें सीखते हैं, लेकिन असली चीज़—वह पथ—हमें नहीं मिलता।''

''ऐसे भयंकर शब्द मत बोलो, सिद्धार्थ,'' गोविन्द ने कहा। ''यह कैसे हो सकता है कि इतने ज्ञानियों में से, इतने ब्राह्मणों में से, इतने तपस्वी और योग्य श्रमणों में से, इतने अन्वेषकों, आन्तरिक जीवन के प्रति समर्पित इतने लोगों, इतनी पुण्यात्माओं में से कोई भी सच्चा पथ न खोज पाए?''

लेकिन सिद्धार्थ ने ऐसी आवाज़ में कहा जिसमें उतना ही दुख था, जितना परिहास। मद्धिम, कुछ-कुछ दुख-भरे, कुछ-कुछ ठिठोली-भरे स्वर में वह बोला : ''गोविन्द, जल्दी ही तुम्हारा मित्र श्रमणों के पथ को छोड़ देगा जिस पर वह इतने दिनों से तुम्हारे साथ चलता आया है। मैं तृष्णा से पीड़ित हूँ गोविन्द, और श्रमणों के इस लम्बे पथ पर मेरी तृष्णा कम नहीं हुई है। मुझे हमेशा ज्ञान की प्यास रही है, मैं भीतर से हमेशा प्रश्नों से भरा रहा हूँ। वर्ष-दर-वर्ष मैंने ब्राह्मणों से प्रश्न पूछे हैं, साल-दर-साल मैंने पवित्र वेदों से अपने सवालों के जवाब चाहे हैं। शायद यह उतना ही बेहतर होता, गोविन्द, उतना ही सूझ-बूझ-भरा और पवित्र, अगर मैंने गैंडे या बन्दर से सवाल पूछे होते। मैंने यह सीखने में काफ़ी समय खर्च किया है, गोविन्द और अभी खत्म नहीं किया, गोविन्द : कि हम कुछ नहीं सीख सकते। मेरा विश्वास है कि हर चीज़ के सार में कुछ ऐसा है जिसे हम शिक्षा नहीं कह सकते। मित्र, केवल एक ज्ञान है जो हर जगह है, जो आत्मन् है, जो मुझमें और तुममें और हर जीव में है, और मुझे अब विश्वास होने लगा है कि इस ज्ञान का सबसे बड़ा शत्रु ज्ञानी पुरुष के सिवा, शिक्षा के सिवा, और कोई नहीं है।''

इस पर गोविन्द पथ पर चलते-चलते एकदम ठिठककर खड़ा हो गया। उसने हाथ उठा कर कहा, ''सिद्धार्थ, अपने मित्र को ऐसी बातों से मत सताओ। सच, तुम्हारे शब्द मुझे बेचैन कर रहे हैं। सोचो, अगर जैसा कि तुम कहते हो कि कोई ज्ञान नहीं है तो हमारी पावन प्रार्थनाओं, ब्राह्मणों की प्रतिष्ठा और सम्मान का, श्रमणों की पवित्रता का क्या अर्थ होगा? सब कुछ का क्या होगा, धरती पर

क्या पवित्र रह जाएगा, क्या रह जाएगा मूल्यवान और पावन?''

गोविन्द ने दबे स्वर में खुद को ही एक श्लोक सुनाया, उपनिषदों में से एक श्लोक :

जिसकी चिन्तनशील पवित्र वृत्ति आत्मन में डूब जाती है
वह शब्दातीत आनन्द का अनुभव करता है।

सिद्धार्थ चुप था। वह देर तक उन शब्दों पर टिका रहा जो गोविन्द ने बोले थे।

हाँ, उसने सिर झुकाये हुए सोचा, क्या बचता है उस सब से जो हमें पवित्र और पावन लगता है? क्या बचता है? क्या सँजोया जाता है? और उसने सिर हिलाया।

एक बार, जब दोनों युवक लगभग तीन वर्ष तक श्रमणों के साथ रहकर उनकी साधनाओं में भाग ले चुके थे, उन्होंने कई स्रोतों से एक अफ़वाह सुनी थी, एक सूचना। कोई प्रकट हुआ था—गौतम कहते थे उसे, यशस्वी, बुद्ध। उसने अपने अन्दर सांसारिक दुखों को जीत लिया था और पुनर्जन्म के चक्र की चाल रोककर उसे थिर और निश्चल कर दिया था। वह देश भर में प्रवचन देता हुआ घूमता था, शिष्यों और अनुयायियों से घिरा हुआ, सम्पत्ति से रहित, अपरिग्रही, अनिकेतन, पत्नी के बिना, तपस्वी का पीला चीवर पहने, लेकिन ऊँचे ललाट के साथ, पुण्यात्मा, और ब्राह्मण और सम्राट उसे नमन करते थे और उसके अनुयायी बन गए थे।

यह सूचना, यह अफ़वाह, यह किस्सा सुनने के बाद यहाँ-वहाँ फैला दिया गया था। नगर में ब्राह्मण इसके बारे में बात करते थे, वन में श्रमण। गौतम, बुद्ध, का नाम लगातार युवकों के कानों में पड़ता रहता—प्रशंसा में और तिरस्कार में—कोई उसके बारे में अच्छी बातें करता, कोई बुरी।

ठीक उसी तरह जब किसी देश में महामारी ने तबाही फैलाई हुई होती है और अफ़वाह उठती है कि एक आदमी है, बुद्धिमान आदमी, ज्ञानी आदमी, जिसके शब्द और जिसकी साँस रोगियों को चंगा करने के लिए काफ़ी है और जैसे-जैसे यह सूचना देश भर में फैलती है और हर कोई उसके बारे में बात करता है, बहुत-से उस पर विश्वास करते हैं, बहुत-से संदेह करते हैं। लेकिन बहुत-से लोग फ़ौरन उस ज्ञानी, उस दयालु को खोजने के लिए चल पड़ते हैं। इसी ढंग से गौतम बुद्ध, शाक्य कुल के ज्ञानी पुरुष के बारे में वह अफ़वाह, वह सुखद समाचार, देश भर में फैला। आस्थावानों का कहना था कि उसमें भारी ज्ञान था;

उसे अपने पूर्व जन्मों की स्मृति थी, उसने निर्वाण प्राप्त कर श्लिया था और जीवन-मृत्यु के चक्र पर अब कभी नहीं लौटने वाला था, वह रूप और आकार की कष्टकर धारा में कभी डुबकी नहीं लगाने वाला था। उसके बारे में बहुत-सी अद्भुत और अविश्वसनीय बातें बताई जाती थीं; उसने आश्चर्यजनक कारनामे कर दिखाए थे, शैतान को जीत लिया था; देवताओं से बातें की थीं। लेकिन उसके दुश्मन और शंकालु लोग कहते थे कि यह गौतम एक निकम्मा पाखंडी था; वह ऊँचे रहन-सहन में अपने दिन गुज़ारता था, यज्ञों और हवन-पूजन की उपेक्षा करता था, अज्ञानी था और न तो रीतियों और कर्मकांड के बारे में जानता था न इन्द्रियदमन के बारे में।

बुद्ध की अफ़वाहें सुनने में लुभाती थीं; इन सूचनाओं में जादू था। संसार रुग्ण था, जीवन कठिन और यहाँ नई आशा जान पड़ती थी, यहाँ एक सन्देश जान पड़ता था, सान्त्वनादायक, मधुर, अच्छी उम्मीदों से भरा हुआ। हर कहीं बुद्ध के बारे में अफ़वाहें थीं। पूरे भारत में युवक सुन रहे थे, उत्कंठा और आशा महसूस कर रहे थे। और नगरों और गाँवों में ब्राह्मणों के बेटों के यहाँ हर तीर्थयात्री और अजनबी का स्वागत था अगर वह उसका, अरहन्त का, बुद्ध का, समाचार लाता।

सूचनाएँ वन में श्रमणों तक भी पहुँचतीं और सिद्धार्थ और गोविन्द तक भी, हर बार थोड़ा-थोड़ा करके, हर छोटी-सी बात आशा से भरपूर, सन्देह से भरी हुई। वे इस बारे में कम ही चर्चा करते, क्योंकि सबसे वृद्ध श्रमण इस सूचना के अनुकूल न थे। उन्होंने सुना था कि यह कथित बुद्ध पहले खुद भी एक तपस्वी था और वनों में रहा था, जिसके बाद यह भोग-विलास के जीवन और सांसारिक सुखों की ओर मुड़ गया था और वे इस गौतम के पक्ष में नहीं थे।

“सिद्धार्थ,” गोविन्द ने एक बार अपने मित्र से कहा, “आज मैं गाँव में था और एक ब्राह्मण ने मुझे अपने घर में बुलाया और घर में मगध से आया हुआ एक ब्राह्मण-पुत्र था; उसने अपनी आँखों से बुद्ध को देखा था और उसे प्रवचन देते सुना था। सच कहूँ तो मैं लालसा से भर उठा और मैंने सोचा : मेरी कामना है कि सिद्धार्थ और मैं, हम दोनों उस दिन को देखने तक जीवित रह सकें जब हम शुद्धात्मा के मुख से उसके उपदेशों को सुन सकेंगे। मित्र, क्या हम भी वहाँ जा कर और बुद्ध के मुख से उन उपदेशों को न सुनें?”

सिद्धार्थ ने कहा, “मैंने तो हमेशा सोचा था कि गोविन्द श्रमणों के साथ ही रहेगा। मेरा तो हमेशा यही विश्वास रहा कि उसका उद्देश्य था साठ और

सत्तर बरस का हो जाना और तब भी उन रीतियों, अभ्यासों और तपश्चर्या का पालन करना जो श्रमण सिखाते हैं। लेकिन मैं गोविन्द को कितना कम जानता था! उसके हृदय में क्या है, इसकी मुझे कितनी कम जानकारी थी? अब, मेरे प्यारे सखा, तुम एक नया पथ पकड़ कर बुद्ध के प्रवचनों को जा कर सुनना चाहते हो।''

गोविन्द बोला, ''मेरी हँसी उड़ाकर तुम्हें आनन्द आता है। ऐसा भी है तो भी कोई बात नहीं, सिद्धार्थ! क्या तुम्हें भी उस प्रवचन को सुनने की उत्कंठा नहीं होती, इच्छा नहीं होती? और क्या तुम्हीं ने कभी मुझसे यह नहीं कहा था—मैं श्रमणों के पथ पर बहुत दिनों तक नहीं चलने वाला?''

तब सिद्धार्थ कुछ इस तरह हँसा कि उसके स्वर में थोड़े-से दुख और थोड़े-से उपहास की मात्रा थी और बोला : ''तुमने सही कहा, गोविन्द, तुमने सही-सही याद रखा है, लेकिन तुम्हें वह भी याद रखना चाहिए जो मैंने इसके अलावा भी तुम्हें बताया था—कि मैं उपदेशों और शिक्षा के प्रति अविश्वास से भर उठा हूँ और गुरुओं और शिक्षकों से जो शब्द हम तक आते हैं, उनमें मुझे विश्वास नहीं है। लेकिन ठीक है, मित्र, मैं उस नयी शिक्षा को सुनने के लिए तैयार हूँ, हालांकि मुझे अपने हृदय में विश्वास है कि हम उसके सर्वोत्तम फल चख चुके हैं।''

गोविन्द ने जवाब दिया : ''मुझे खुशी है कि तुम राज़ी हो। लेकिन यह तो बताओ मुझे जब तक हमने गौतम की शिक्षाओं को सुना ही न हो, वे हमारे सामने अपना सबसे कीमती फल कैसे उजागर कर सकती हैं?''

सिद्धार्थ ने कहा, ''आओ, इस फल का आनन्द लें और आनेवाले फलों की प्रतीक्षा करें। यह फल, जिसके लिए हम अभी से गौतम के ऋणी हैं, इस बात में निहित है कि उसने हमें फुसलाकर श्रमणों से परे खींच लिया है। अब हम धीरज धरकर प्रतीक्षा करें और देखें कि इसके अलावा भी दूसरे और बेहतर फल हैं या नहीं।''

उसी दिन सिद्धार्थ ने सबसे वृद्ध श्रमण को छोड़कर जाने के फैसले से उन्हें सूचित कर दिया। उसने वृद्ध श्रमण को यह उसी विनयशीलता और मर्यादा से बताया जो युवकों और शिष्यों के अनुरूप थी। लेकिन वृद्ध श्रमण कुपित थे कि दोनों युवक उन्हें छोड़कर जाना चाहते थे और उन्होंने ऊँची आवाज़ में उन्हें कड़ाई से फटकारा।

गोविन्द को धक्का लगा, लेकिन सिद्धार्थ ने अपना मुँह गोविन्द के कान से लगाकर दबे स्वर में कहा, ''अब मैं बूढ़े को दिखाऊँगा कि मैंने उससे कुछ

सीखा है।''

वह अपने मन-मस्तिष्क को एकाग्र करके श्रमण के निकट जा खड़ा हुआ; उसने वृद्ध श्रमण की आँखों-में-आँखें डाल दीं और अपनी निगाह से उन्हें जकड़े रहा, उन्हें मन्त्र-मुग्ध किया और चुप करा दिया, उनकी इच्छा-शक्ति पर काबू किया, बिना एक भी शब्द बोले उन्हें वह करने का आदेश दिया जो वह चाहता था। वृद्ध श्रमण मौन हो गए, उनकी आँखें निस्तेज और इच्छा-शक्ति पंगु हो गई; उनकी बाँहें लटक गईं, वे सिद्धार्थ की मोहिनी शक्ति के आगे निःशक्त थे। सिद्धार्थ के विचारों ने श्रमण के विचारों पर नियंत्रण पा लिया था; उन्हें अब वही करना था जो उसके विचार निर्देशित कर रहे थे। इसलिए वृद्ध श्रमण ने कई बार नमन किया, अपना आशीर्वाद दिया और हकलाते हुए यात्रा के शुभ होने की कामनाएँ व्यक्त कीं। दोनों युवकों ने उनकी मंगलकामनाओं के लिए उन्हें धन्यवाद दिया, झुककर उनका अभिवादन किया और चल पड़े।

रास्ते में गोविन्द ने कहा, ''सिद्धार्थ, जितना मुझे आभास था, तुमने श्रमणों से उससे अधिक सीखा है। किसी वृद्ध श्रमण को मन्त्रमुग्ध करना मुश्किल है, बहुत मुश्किल है। सच तो यह है कि अगर तुम यहीं रहते तो तुम जल्दी ही पानी पर चलना सीख जाते।''

''मुझे पानी पर चलने की कोई इच्छा नहीं है,'' सिद्धार्थ ने कहा, ''बूढ़े श्रमणों को इन कलाओं में सन्तोष पाने दो।''

गौतम

श्रावस्ती नगर में हर बच्चा अर्हन्त बुद्ध का नाम जानता था और हर घर गौतम के मौन भिक्षार्थी अनुयायियों के भिक्षा पात्रों को भरने के लिए तत्पर था। नगर के पास गौतम का प्रिय आवास जेतवन था, जिसे शाक्यमुनि के परम भक्त, धनी व्यापारी अनाथपिण्डक ने उन्हें और उनके अनुयायियों को भेंट में दिया था।

गौतम के निवास स्थान की तलाश में दोनों युवा तपस्वियों को किस्सों और अपने सवालों के जवाब में इस जनपद का संकेत दिया गया था और श्रावस्ती में उनके आगमन पर उन्हें उस पहले ही दरवाज़े पर तत्काल भोजन अर्पित किया गया जहाँ वे भिक्षा माँगने के लिए चुपचाप जा खड़े हुए। उन्होंने भोजन किया और सिद्धार्थ ने भोजन देने वाली महिला से पूछा, ''भन्ते, हमें यह जानने की उत्कट इच्छा है कि तथागत बुद्ध कहाँ रहते हैं, क्योंकि हम वन में रहनेवाले दो श्रमण हैं और शास्ता के प्रवचन उनके अपने मुख से सुनने आए हैं।''

औरत ने कहा, ''ओ वनवासी श्रमणो, तुम सही स्थान पर आए हो। महाबोधि जेतवन में निवास करते हैं, अनाथपिण्डक के उपवन में। यात्रियो, तुम वहाँ रात बिता सकते हो, क्योंकि बुद्ध के मुख से उनके उपदेश सुनने के लिए जो ढेरों लोग वहाँ इकट्ठे होते हैं, उनके लिए वहाँ पर्याप्त स्थान है।''

तब गोविन्द प्रसन्न हुआ और खुश होकर बोला, ''आह, तब हम अपने गन्तव्य पर पहुँच गए और हमारी यात्रा समाप्त हो गई। लेकिन हमें बताओ माता, क्या तुम बुद्ध को जानती हो? क्या तुमने उन्हें अपनी आँखों से देखा है?''

औरत ने कहा, ''मैंने महाबोधि को कई बार देखा है। बहुत-से दिन मैंने उन्हें रास्ते से होकर जाते देखा है, मौन, पीले चीवर में, और चुपचाप अपना भिक्षा-पात्र घरों के दरवाज़ों के सामने बढ़ाते और भरा हुआ कटोरा लेकर लौटते।''

गोविन्द मन्त्रमुग्ध सुनता रहा और यह चाहता था कि और बहुत-से प्रश्न

पूछे और बहुत कुछ सुने, लेकिन सिद्धार्थ ने उसे याद दिलाया कि जाने का समय हो गया था। उन्होंने धन्यवाद दिया और विदा हुए। रास्ते के बारे में पूछना बेकार था, बहुत-से तीर्थयात्री और गौतम के अनुयायी भिक्षु जेतवन जा रहे थे। जब वे रात को वहाँ पहुँचे तो नये-नये लोगों का वहाँ आना जारी रहा। आसरे का अनुरोध करते और पाते हुए उनके बीच से आवाज़ों का एक शोर-सा उठ रहा था। दोनों श्रमणों ने, जो वन में जीने के आदी थे, जल्दी से चुपचाप आसरा खोजा और सुबह तक वहीं बने रहे।

सूरज के निकलने पर वे उन भक्तों और उत्सुक लोगों की भारी संख्या देखकर चकित रह गए जिन्होंने वहाँ रात बिताई थी। उस भव्य उपवन के सभी पथों पर पीले चीवर पहने भिक्खु टहलते नज़र आ रहे थे। यहाँ-वहाँ वे पेड़ों के नीचे बैठे थे, ध्यान-मग्न या फिर सोत्साह बातचीत में लीन। छाया-भरा उपवन एक नगर की तरह था, मधुमक्खियों से भरा हुआ। अधिकतर भिक्षु अपने भिक्षा-पात्रों के साथ अपने दोपहर के भोजन के लिए सामग्री जुटाने के लिए चले गए। दिन-भर में उनका यही एकमात्र भोजन था। यहाँ तक कि स्वयं बुद्ध भी सुबह भिक्षा माँगने के लिए गए।

सिद्धार्थ ने उन्हें देखा और फ़ौरन पहचान लिया, मानो किसी देवता के इशारे से। उसने उन्हें भिक्षा-पात्र लिये, चुपचाप उस जगह से जाते देखा—पीले चीवर में एक विनीत व्यक्ति।

"देखो," सिद्धार्थ ने धीमे स्वर में गोविन्द से कहा, "वे रहे बुद्ध!"

गोविन्द ने ध्यान से पीला चीवर पहने उस भिक्षु को देखा जो किसी भी तरह दूसरे सैकड़ों भिक्षुओं से अलग नहीं किया जा सकता था, तिस पर भी गोविन्द ने जल्दी ही उन्हें पहचान लिया। हाँ, ये वही थे, और वे उसके पीछे-पीछे चले और बराबर उन्हें परखते रहे।

अपने विचारों में मग्न बुद्ध शान्त भाव से अपनी राह पर बढ़ते रहे। उन्होंने अपना लबादा ठीक उसी तरह धारण कर रखा था जैसे दूसरे भिक्खुओं ने और वे उसी प्रकार चल भी रहे थे, लेकिन उनका चेहरा और कदम, नीचे को झुकी उनकी शान्त चितवन, चैन से नीचे को लटका उनका हाथ और हाथ की उँगली तक शान्ति व्यक्त कर रही थी, पूर्णता व्यक्त कर रही थी, उसे कोई तलाश नहीं थी, वह किसी चीज़ की नकल नहीं करती थी, वह एक निरन्तर स्थिरता, एक अक्षय प्रकाश, एक अभेद्य शान्ति प्रतिबिम्बित कर रही थी।

और इसी तरह चलते हुए गौतम भिक्षा के लिए नगर में गए और दोनों

श्रमणों ने उन्हें उनकी पूरी तरह शान्त मुद्रा से, देह की थिरता से ही पहचाना जिसमें कोई खोज या तलाश नहीं थी, कोई संकल्प नहीं, कोई कपट नहीं, कोई प्रयास नहीं—केवल प्रकाश और शान्ति।

''आज हम उनके मुख से उपदेश सुनेंगे,'' गोविन्द ने कहा।

सिद्धार्थ ने जवाब नहीं दिया। वह उपदेशों को लेकर बहुत उत्सुक नहीं था। उसने यह नहीं सोचा था कि वे उसे कुछ नया सिखाएँगे। उसने, और गोविन्द ने भी, बुद्ध के प्रवचनों का सार सुन रखा था, भले ही दूसरे और तीसरे मुख से दुहराए गए समाचारों में। लेकिन उसने ध्यान से गौतम के सिर, उनके कंधों, उनके पैरों, उनके थिर, नीचे को लटके, हाथ को देखा और उसे ऐसा जान पड़ा कि उनके हाथ की हर उँगली के हर जोड़ में ज्ञान था, वे सत्य व्यक्त करते थे, उच्छवसित करते थे, विकीरित करते थे। सिद्धार्थ ने कभी किसी व्यक्ति को इतना आदर-योग्य नहीं समझा था, किसी आदमी को कभी इतना प्रेम नहीं किया था।

वे दोनों बुद्ध के पीछे-पीछे नगर में गए और खामोशी से लौट आए। उन्होंने खुद उस दिन भोजन न करने का फ़ैसला किया था। उन्होंने गौतम को वापस आते देखा, उन्हें अपने शिष्यों के दायरे के अन्दर बैठे भोजन करते देखा—उन्होंने जो खाया, उससे चिड़िया का भी जी नहीं भर सकता था—और फिर उन्हें आम के पेड़ की छाया के नीचे जा बैठते देखा।

लेकिन शाम को जब गर्मी कम हो गई और शिविर में सब लोग चौकन्ने होकर इकट्ठे हो गए, तब उन्होंने बुद्ध को उपदेश देते सुना। उन्होंने उनकी आवाज़ सुनी और वह भी निर्मल थी, थिर और शान्तिपूर्ण। गौतम ने दुख, दुख के कारण, दुख के निवारण के उपाय की चर्चा की। जीवन पीड़ा से भरा था, संसार दुखमय था, लेकिन दुख से निवारण का रास्ता खोज लिया गया था। बुद्ध के पथ पर चलने वालों के लिए मोक्ष का मार्ग खुला था।

तथागत ने कोमल, लेकिन दृढ़ स्वर में बातें कीं; चार आर्ष सत्य सिखाए, अष्टांगिक मार्ग सिखाया; धीरज के साथ उन्होंने उदाहरण और दृष्टांत देते हुए शिक्षा की आम पद्धति से काम लिया। उनका स्वर स्पष्ट रूप से और शान्ति के साथ उनके सुनने वालों तक पहुँचा—प्रकाश की किरण की तरह, नभमंडल के सितारे की तरह।

जब बुद्ध ने समाप्त किया—तब तक रात हो चुकी थी—बहुत-से तीर्थयात्री आगे आए और उन्होंने संघ में शामिल होने का अनुरोध किया और बुद्ध ने उन्हें स्वीकार किया और कहा, 'तुमने ध्यान से धर्मोपदेश सुना है। तो आओ, हमारे

साथ मिल जाओ और आनंद से विचरो, दुखों का अंत करो।''

संकोची गोविन्द भी आगे बढ़ा और बोला, ''मैं भी बुद्ध और उनकी शिक्षा की शरण में आना चाहता हूँ।'' उसने संघ में शामिल होने की माँग की और स्वीकार कर लिया गया।

जैसे ही बुद्ध रात-भर के लिए विदा हुए, गोविन्द ने सिद्धार्थ की ओर मुड़कर कहा, ''सिद्धार्थ, मेरा मतलब तुम्हारी भर्त्सना करने का नहीं है। हम दोनों ने तथागत को सुना है, हम दोनों ने उनके उपदेश सुने हैं। गोविन्द ने उपदेश सुने हैं और उन्हें स्वीकार किया है, लेकिन तुम मेरे मित्र, क्या तुम भी मोक्ष के मार्ग पर नहीं चलोगे? क्या तुम रुकोगे, क्या तुम अब भी प्रतीक्षा करोगे?''

जब उसने गोविन्द के शब्द सुने तो सिद्धार्थ मानो नींद से जागा। वह देर तक गोविन्द के चेहरे को देखता रहा। फिर उसने नरमी से कहा और उसके स्वर में ज़रा भी उपहास नहीं था : ''गोविन्द, मेरे मित्र, तुमने कदम बढ़ा दिया है, तुमने अपना पथ चुन लिया है। तुम हमेशा मेरे मित्र रहे हो, तुम हमेशा मुझसे एक कदम पीछे चले हो। अक्सर मैंने सोचा है : क्या गोविन्द कभी अपने विश्वास के बल पर मेरे बिना कोई कदम उठाएगा? अब तुम एक मर्द हो और तुमने अपना रास्ता चुन लिया है। तुम अन्त तक इसी रास्ते पर चलो, मेरे दोस्त। तुम्हें मोक्ष मिले।''

गोविन्द ने, जो अब भी पूरी तरह नहीं समझा था, अधीरता से अपने प्रश्न को दोहराया, ''बोलो, प्रिय मित्र, कह दो कि तुम भी बुद्ध की शरण में जाने के अलावा और कुछ नहीं कर सकते।''

सिद्धार्थ ने अपना हाथ गोविन्द के कन्धे पर रखा। ''तुमने मेरा आशीष सुन लिया है, गोविन्द! मैं उसे दोहराता हूँ। तुम अन्त तक इसी रास्ते पर चलो। तुम्हें मोक्ष मिले।''

उस क्षण गोविन्द को आभास हुआ कि उसका मित्र उसे छोड़कर जाने वाला है और वह रोने लगा।

''सिद्धार्थ,'' उसने चिल्लाकर कहा।

सिद्धार्थ ने अनुकम्पा-भरे शब्दों में उससे कहा, ''मत भूलो गोविन्द कि तुम अब बुद्ध के परिव्राजकों में से एक हो। तुमने घर और माता-पिता त्याग दिए हैं, तुमने वंश और सम्पत्ति त्याग दी है, तुमने अपनी इच्छा त्याग दी है, तुमने मैत्री त्याग दी है। यही उपदेश उनके प्रवचन देते हैं, यही तथागत की इच्छा है। इसी की तुमने खुद इच्छा की थी। कल मैं तुम्हें छोड़कर चला जाऊँगा गोविन्द।''

दोनों मित्र लम्बे समय तक वनों में घूमते रहे। वे देर तक लेटे रहे, पर सो नहीं पाए। गोविन्द ने बार-बार अपने मित्र पर ज़ोर देकर यह जानना चाहा कि वह क्यों बुद्ध के उपदेशों का अनुसरण नहीं करेगा, उसे उनमें क्या खोट नज़र आती थी, लेकिन हर बार सिद्धार्थ ने उसे टाल दिया, ''निश्चिन्त रहो, गोविन्द; तथागत के उपदेश बहुत अच्छे हैं। मैं उनमें कोई खोट कैसे खोजता?''

सुबह-सवेरे, जल्दी ही बुद्ध के एक अनुयायी, सबसे वृद्ध भिक्षुओं में से एक ने उपवन का चक्कर लगाकर उन सभी नये लोगों को इकट्ठा किया जिन्होंने उपदेशों के प्रति निष्ठा व्यक्त की थी, ताकि उन्हें पीला चीवर धारण करा के पहली-पहली सीखों और पन्थ के कर्तव्यों की जानकारी करा सकें। इस पर गोविन्द ने खुद को खींचकर अलग किया, किशोरावस्था के अपने मित्र को गले लगाया और भिक्खु का चीवर ओढ़ लिया।

सिद्धार्थ अपने विचारों में गहरे डूबा हुआ, उपवन में चहलकदमी करता रहा।

वहीं उसकी भेंट गौतम से हुई, तथागत से, और उसने आदर के साथ उनका अभिवादन किया और फिर बुद्ध के चेहरे के सद्भाव और शान्ति को देखकर युवक ने हिम्मत बाँधी और शास्ता से बात करने की अनुमति माँगी। मौन रहते हुए तथागत ने सिर हिलाकर अनुमति दे दी।

सिद्धार्थ ने कहा, ''महाबोधि, कल मुझे आपके अद्भुत उपदेश को सुनने का आनन्द प्राप्त हुआ। मैं अपने मित्र के साथ आपको सुनने के लिए बहुत दूर से आया था और अब मेरा मित्र आप ही के पास रहेगा; उसने आपके प्रति निष्ठा की शपथ ली है। लेकिन मैं नये सिरे से अपनी तीर्थयात्रा शुरू कर रहा हूँ।''

''जैसी तुम्हारी इच्छा,'' तथागत ने विनम्र भाव से कहा।

''मेरी बातें शायद बहुत धृष्टता-भरी हैं,'' सिद्धार्थ ने बात जारी रखी, ''लेकिन मैं सचमुच तथागत को खरेपन के साथ अपने विचारों से अवगत कराए बिना नहीं जाना चाहता। क्या तथागत थोड़ी देर और मेरी बात सुनेंगे?''

मौन रूप से बुद्ध ने अपनी सहमति व्यक्त की।

सिद्धार्थ ने कहा, ''भन्ते, औरों से अधिक एक कारण से मैं आपके उपदेशों पर मुग्ध हूँ। हर चीज़ बिलकुल साफ़ और प्रमाणित है। आप संसार को एक संपूर्ण, अटूट श्रृंखला के रूप में दर्शाते हैं, कार्य-कारण द्वारा एक-दूसरे से जुड़ी कड़ियों वाली शाश्वत श्रृंखला। कभी वह इतनी स्पष्टता से दर्शायी नहीं गई, कभी वह इतने निर्विवाद रूप से प्रमाणित नहीं की गई। निश्चय ही, जब हर ब्राह्मण

आपके उपदेशों के माध्यम से दुनिया को देखता है, पूरी तरह बोधगम्य, छिद्र के बिना, स्फटिक स्वच्छ, न तो संयोग पर निर्भर न देवताओं पर, तब उसका हृदय और तेज़ी से धड़कने लगता होगा। संसार अच्छा है या बुरा, जीवन अपने आप में पीड़ा है या आनन्द, वह अनिश्चित है या नहीं—ऐसा वह शायद हो, यह महत्त्वपूर्ण नहीं है—मगर संसार की एकता, सभी घटनाओं की बोधगम्यता, उसी धारा से, कार्य के, होने और मरने के उसी विधान से, बड़े और छोटे का अंगीकार; यह आपके दिव्य उपदेशों में साफ़-साफ़ चमकता है, तथागत! लेकिन आपके उपदेशों के अनुसार सारी चीज़ों की यह एकता और तार्किक परिणति एक जगह टूटती है। एक छोटे-से छिद्र से होकर एकता के संसार में कुछ अजीब-सी चीज़ प्रवेश करती है, कुछ नया, कुछ जो पहले वहाँ नहीं था और जो दर्शाया और साबित नहीं किया जा सकता : यही है संसार के ऊपर उठने का, मोक्ष का, आपका सिद्धान्त। लेकिन इस छोटे-से अन्तर से, इस छोटे-से व्यवधान से वह शाश्वत और एकमात्र सांसारिक नियम फिर से भंग हो जाता है। मेरी इस आपत्ति के लिए मुझे क्षमा कीजिए।''

गौतम मौन रूप से निश्चल सुनते रहे थे। और अब तथागत ने अपनी ममता-भरी शिष्ट और साफ़ आवाज़ में बात की। ''तुमने उपदेशों को ध्यान से सुना है, ओ ब्राह्मण-पुत्र, और यह तुम्हारे लिए प्रशंसा-योग्य है कि तुमने उनके बारे में इतनी गहराई से सोचा है। तुम्हें एक त्रुटि दिखाई दी है। इसके बारे में फिर ध्यान से सोचो। तुम्हें, जो ज्ञान के लिए प्यासे हो, मैं मत-मतान्तरों के झुरमुट और शब्दों की खींचा-तानी के बारे में चेता दूँ। मान्यताओं का कोई अर्थ नहीं होता; वे सुन्दर हो सकती हैं या कुरूप, बुद्धिमता से भरी या मूर्खतापूर्ण, कोई भी उन्हें अपना या ठुकरा सकता है। लेकिन जो उपदेश तुमने सुने हैं, वे मेरा मत नहीं है और उसका उद्देश्य यह नहीं है कि संसार की व्याख्या उन लोगों के लिए की जाए जो ज्ञान के प्यासे हैं। उसका उद्देश्य काफ़ी अलग है; उसका लक्ष्य है दुखों से मुक्ति। यही है जिसकी शिक्षा गौतम देता है, और कुछ नहीं।''

''मुझसे कुपित न हों, तथागत,'' युवक ने कहा। ''मैंने शब्दों के बारे में झगड़ने के लिए आपसे इस तरह बात नहीं की है। जब आप कहते हैं कि मतों-मान्यताओं का अधिक अर्थ नहीं होता तो आप ठीक कहते हैं, लेकिन क्या मुझे एक और बात कहने की अनुमति है? मैंने पल-भर के लिए भी आप पर सन्देह नहीं किया। एक पल के लिए भी मुझे यह सन्देह नहीं था कि आप बुद्ध हैं, कि आप उस सबसे ऊँचे शिखर पर पहुँच गए जहाँ पहुँचने के लिए इतने

सारे ब्राह्मण और ब्राह्मण-पुत्र प्रयास कर रहे हैं। ऐसा आपने खुद अपनी खोज से, अपने तरीके से, किया है, विचार-विमर्श से, मनन-चिंतन से, ज्ञान से, बोध से। आपने उपदेशों से कुछ नहीं सीखा है और इसलिए महाबोधि, मेरा विचार है कि कोई उपदेशों से मुक्ति या मोक्ष नहीं पाता है। भन्ते, आप किसी को भी शब्दों और उपदेशों के माध्यम से वह नहीं बता सकते जो बोध की घड़ी में आपके साथ घटित हुआ। प्रबुद्ध गौतम के उपदेश बहुत कुछ अंगीकार करते हैं, बहुत कुछ सिखाते हैं—समुचित जीवन कैसे जिएँ, बुराई से कैसे बचें। लेकिन एक बात है जो इस स्पष्ट, मूल्यवान शिक्षा में शामिल नहीं है; उसमें उस रहस्य का लेश भी नहीं है जो प्रबुद्ध गौतम ने स्वयं अनुभव किया—सैकड़ों, हज़ारों में से केवल उन्हीं ने। जब मैंने आपके प्रवचन सुने तो यही मैंने सोचा और अनुभव किया। यही कारण है कि मैं अपनी राह पर जा रहा हूँ—किसी दूसरे और बेहतर सिद्धान्त को खोजने के लिए नहीं, क्योंकि मैं जानता हूँ कोई है ही नहीं, बल्कि सभी सिद्धान्तों और सभी गुरुओं को छोड़कर अपने लक्ष्य तक अकेले पहुँचने या मरने के लिए। लेकिन मैं अक्सर इस दिन को याद रखूँगा, ओ महाबोधि, और इस घड़ी को भी जब मेरी आँखों ने एक पावन पुरुष के दर्शन किए।''

बुद्ध की आँखें झुकी हुई थीं, उनका अबूझ, अगम्य चेहरा पूर्ण समभाव व्यक्त कर रहा था।

''मैं आशा करता हूँ कि तुम अपने तर्कों में भूल नहीं कर रहे हो,'' तथागत ने धीरे-धीरे कहा। ''तुम अपने लक्ष्य तक पहुँचो, यही कामना है। लेकिन यह बताओ मुझे, क्या तुमने भिक्खुओं के मेरे समुदाय को देखा है, मेरे बहुत-से भाइयों को, जिन्होंने उपदेश के प्रति निष्ठा की शपथ ली है? क्या तुम्हारे खयाल में, ओ दूर देश से आए श्रमण, इन सबके लिए यह बेहतर होगा कि ये उपदेशों को त्याग कर सांसारिक जीवन और इच्छाओं की दुनिया में लौट जाएँ?''

''यह विचार मेरे मन में कभी नहीं आया,'' सिद्धार्थ चिल्लाया। ''वे सभी उपदेशों का पालन करें! वे सभी अपने लक्ष्य पर पहुँचें। किसी दूसरे के जीवन को आँकना मेरे लिए उचित नहीं। मुझे खुद अपने बारे में फ़ैसला करना चाहिए। मुझे चुनना और ठुकराना होगा। हम श्रमण निजता से, स्व से मुक्ति चाहते हैं, महाबोधि! अगर मैं आपके अनुयायियों में से होता तो मुझे डर है ऐसा सिर्फ़ सतह पर होता, मैं खुद को धोखा देता कि मैं शान्ति से हूँ और मैंने मोक्ष प्राप्त कर लिया है, जबकि वास्तव में मेरा स्व लगातार जीता रहता और बढ़ता रहता, क्योंकि वह आपकी शिक्षा में और आपके लिए और भिक्खुओं के संघ के लिए

मेरी निष्ठा और प्रेम में ढल गया होता।''

हल्की-सी स्मिति और विक्षुब्ध न की जा सकने वाली उत्फुल्लता और मैत्री के साथ बुद्ध एकटक उस अजनबी युवक को देखते रहे और फिर उन्होंने मुश्किल से नज़र आने वाली मुद्रा के साथ उसे विदा किया।

''तुम चतुर हो, श्रमण,'' तथागत बोले, ''तुम्हें चतुराई से बातें करना आता है, मित्र! बहुत अधिक चतुराई से सावधान रहना।''

बुद्ध अपने रास्ते पर चले गए और उनकी मुद्रा और हल्की-सी स्मिति हमेशा के लिए सिद्धार्थ की स्मृति में दर्ज हो गई। मैंने कभी किसी आदमी को इस तरह देखते और मुस्कराते, बैठते और चलते नहीं देखा है, उसने सोचा। मैं भी इसी तरह देखना और मुस्कराना, बैठना और चलना पसन्द करूँगा, इतना मुक्त, इतना योग्य, इतना नियन्त्रित, इतना खुला, इतना बच्चे सरीखा और रहस्यमय। आदमी तभी इस तरह दिखता और चलता है जब उसने आत्म को जीत लिया हो। मैं भी अपने आत्म को जीतूँगा।

मैंने एक आदमी, सिर्फ़ एक आदमी देखा है, सिद्धार्थ ने सोचा, जिसके आगे मुझे नज़र झुकानी होगी। मैं अपनी निगाह किसी दूसरे आदमी के आगे नहीं झुकाऊँगा। चूँकि इस आदमी के उपदेशों ने मुझे आकर्षित नहीं किया है, इसलिए कोई और शिक्षा मुझे अपनी तरफ खींच नहीं पाएगी।

बुद्ध ने मुझे लूट लिया है, सिद्धार्थ ने सोचा। उन्होंने मुझे लूट लिया है, तिस पर भी उन्होंने मुझे इससे भी अधिक कीमती चीज़ दे दी है। उन्होंने मेरा मित्र मुझसे छीन लिया है, जो मुझमें विश्वास करता था और अब उनमें विश्वास करता है; वह मेरी छाया था और अब गौतम की छाया है। लेकिन उन्होंने मुझे सिद्धार्थ दे दिया है, मुझे मेरा अपना आप दे दिया है।

जागृति

उस उपवन को छोड़कर जाते हुए, जिसमें तथागत बुद्ध रह गए थे, जिसमें गोविन्द रह गया था, सिद्धार्थ को ऐसा लगा कि उसने अपनी पिछली ज़िन्दगी भी उपवन में छोड़ दी थी। धीरे-धीरे अपने पथ पर बढ़ते हुए, उसके दिमाग में यही विचार चक्कर काट रहा था। उसने गहराई से मनन किया जब तक कि यह एहसास पूरी तरह उस पर हावी नहीं हो गया और वह ऐसे बिन्दु पर पहुँच गया जहाँ वह कारण पहचानने लगा; क्योंकि उसे महसूस हुआ कि कारणों को पहचानना सोचना है और केवल विचारों के माध्यम से भावनाएँ ज्ञान बन जाती हैं और लुप्त नहीं होतीं, बल्कि वास्तविकता में तब्दील होकर परिपक्व बनना शुरू करती हैं।

अपने पथ पर बढ़ते हुए सिद्धार्थ गहरी सोच में डूबा रहा। उसे आभास हुआ कि वह अब युवक नहीं रह गया था; अब वह पुरुष था। उसे आभास हो गया कि कुछ उससे छूट गया था, जैसे केंचुली साँप से अलग हो जाती है। कुछ था जो अब उसके भीतर नहीं था, कुछ ऐसा जो उसकी समूची युवावस्था में उसके साथ रहा था और उसका हिस्सा था। यह था गुरु खोजने और पाने और उनके उपदेशों को, उनकी शिक्षा को, सुनने की इच्छा। उसने अब उस आखिरी गुरु से भी विदा ले ली थी; उससे भी, जो सबसे बड़ा, सबसे ज्ञानी गुरु था, सबसे पवित्र—स्वयं तथागत बुद्ध। उसे उन्हें छोड़ना ही था; वह उनके उपदेशों को स्वीकार नहीं कर सकता था।

धीमी गति से उस विचारक ने अपनी राह पर कदम बढ़ाए और खुद से पूछा—क्या था जो तुम उपदेशों और गुरुओं से सीखना चाहते थे और हालाँकि उन्होंने तुम्हें बहुत कुछ सिखाया, वह क्या था जो वे तुम्हें सिखा नहीं पाए? और उसने सोचा—जो मैं सीखना चाहता था वह निजता थी, आत्म था, और उसकी

प्रकृति और स्वभाव, उसका चरित्र। मैं खुद को आत्म से रहित करना चाहता था, उसे जीतना चाहता था, लेकिन मैं उसे जीत नहीं पाया, मैं सिर्फ़ उसे धोखा दे सका, उससे महज़ भाग सका, छिप सका। सचमुच, दुनिया में और किसी चीज़ ने मेरे दिमाग को नहीं घेर रखा था जितना निजता ने, इस पहेली ने, जो मैं जीता हूँ कि मैं एक इकाई हूँ और बाकी सबसे अलग और भिन्न हूँ, कि मैं सिद्धार्थ हूँ; और मैं दुनिया में किसी चीज़ के बारे में इतना कम नहीं जानता जितना खुद अपने बारे में, सिद्धार्थ के बारे में।

सोचने वाला, अपनी राह पर धीरे-धीरे बढ़ते हुए इस विचार के चंगुल में जकड़ा हुआ, सहसा ठिठक कर खड़ा हो गया, और फ़ौरन ही इस विचार से एक और उठ खड़ा हुआ। यह विचार था : जिस कारण मैं अपने बारे में कुछ भी नहीं जानता, जिस कारण सिद्धार्थ बराबर मेरे लिए अजनबी और अजाना बना रहा है, सिर्फ़ एक चीज़ पर टिका है, एकमात्र चीज़ पर—मैं खुद से डरता था, मैं अपने आपसे भाग रहा था। मैं ब्रह्म, आत्मन् खोज रहा था, मैं खुद को नष्ट कर देना चाहता था, अपने-आप से दूर चले जाना चाहता था ताकि अजाने अन्तरतम में सारी चीज़ों का केन्द्र-बिन्दु खोज सकूँ—आत्मन् का, जीवन का, दिव्य का, पूर्णता का। लेकिन ऐसा करने के फेर में, मैंने रास्ते में खुद को खो दिया।

सिद्धार्थ ने आँखें उठाई और अपने चारों ओर देखा, उसके चेहरे पर एक मुस्कान खेल गई और एक लम्बे सपने से जागने का एहसास उसकी नस-नस में समा गया। फ़ौरन ही वह आगे को तेज़ी से उस आदमी की तरह बढ़ गया जिसे मालूम हो उसे क्या करना है।

हाँ, उसने गहरी साँसें लेते हुए सोचा, मैं अब और आगे सिद्धार्थ से भागने की कोशिश नहीं करूँगा। मैं अपने खयालों को अब आत्मन् और संसार के दुखों पर केन्द्रित नहीं करूँगा। मैं अब कभी अपने ही खंडहरों के नीचे कोई रहस्य खोजने के लिए खुद को ध्वस्त और नष्ट नहीं करूँगा। मैं अब योग-वेद, अथर्ववेद या तप या किसी और सिद्धान्त का अध्ययन नहीं करूँगा। मैं अब खुद से सीखूँगा, अपना विद्यार्थी बनूँगा; मैं खुद अपने-आपसे सिद्धार्थ का रहस्य सीखूँगा। उसने अपने इर्द-गिर्द देखा मानो संसार को पहली बार देख रहा हो। दुनिया खूबसूरत, अजीब और रहस्यमय थी। यहाँ नीला था, यहाँ पीला था, यहाँ हरा था, आकाश और नदी और पर्वत, सब-के-सब सुन्दर, सब रहस्यमय और मनमोहक और इस सबके बीच में वह, सिद्धार्थ, जागृत, खुद अपनी तरफ़ बढ़ता हुआ। यह सब, यह सब पीला और नीला, नदी और वन, पहली बार सिद्धार्थ की आँखों के आगे

से गुज़रा। यह अब मार का, कामदेव का, जादू नहीं रह गया था, माया का आवरण नहीं रहा था, यह अब अर्थहीन और विश्व-रूपों की आकस्मिक भिन्नता नहीं रह गया था, जिससे गहन-विचारक ब्राह्मणों को अरुचि थी, जो भिन्नता और द्वैत का तिरस्कार करते थे, जो अद्वैत की तलाश में थे। नदी नदी थी और सिद्धार्थ के भीतर जो एक और दिव्य था, अद्वैत था, वह गुप्त रूप से नीले और नदी में रहता था तो यह देवी लीला और इच्छा थी कि पीला और नीला हो, वहाँ आकाश और वन हो—यहाँ सिद्धार्थ हो। अभिप्राय और वास्तविकता चीज़ों के पीछे कहीं छिपे हुए नहीं थे, वे उनके भीतर थे, उन सब के भीतर।

मैं कितना बहरा और मूर्ख रहा हूँ, तेज़-तेज़ चलते हुए उसने सोचा। जब कोई आदमी वह पढ़ता है जिसका वह अध्ययन करना चाहता है तो वह अक्षरों और विचार-चिह्नों के प्रति वितृष्णा से भरकर उन्हें माया, संयोग या बेकार के छिलके नहीं कहता, बल्कि वह उन्हें पढ़ता है, उनका अध्ययन करता है, उनसे प्रेम करता है, एक-एक अक्षर से। लेकिन मैंने, जो दुनिया की किताब और अपनी प्रकृति का ग्रन्थ पढ़ना चाहता था, अक्षरों और चिह्नों की उपेक्षा करने की अहम्मन्यता दर्शायी। मैंने दृश्य जगत को माया कहा। अपनी आँखों और जीभ को संयोग कहा। अब यह समाप्त हो चुका है; मैं जाग गया हूँ। निश्चय ही मैं जाग गया हूँ और आज से जन्मा हूँ। लेकिन जैसे ही ये विचार सिद्धार्थ के मन से हो कर गुज़रे, वह अचानक ठिठककर खड़ा हो गया मानो उसके रास्ते में साँप पड़ा हो।

फिर अचानक यह भी उसके सामने स्पष्ट हो गया : उसे, जो वास्तव में जागे हुए या नये जन्मे आदमी की तरह था कि उसे अपनी ज़िन्दगी पूरी तरह नये सिरे से शुरू करनी चाहिए। जब उसने तथागत के कुंज—जेतवन—को उस सुबह छोड़ा था, जागृत हो चुकने के बाद, खुद अपनी ओर अग्रसर, यह उसका इरादा था और वर्षों की तपस्या के बाद यह उसे कर्मों का स्वाभाविक मार्ग जान पड़ा था कि वह अपने घर और पिता के पास लौट जाए। लेकिन अब, उस क्षण जब वह यों थिर खड़ा था मानो उसके रास्ते में साँप पड़ा हो, उसके भीतर यह विचार उठा : मैं अब वह नहीं रह गया हूँ जो मैं था, मैं अब तपस्वी नहीं रह गया हूँ, पुरोहित नहीं रह गया हूँ, मैं अब ब्राह्मण नहीं रह गया हूँ। तब फिर घर पर मैं अपने पिता के साथ क्या करूँगा? अध्ययन? यज्ञ-हवन-पूजन? मनन-चिन्तन का अभ्यास? यह सब मेरे लिए अब समाप्त हो चुका है।

सिद्धार्थ निश्चल खड़ा रहा और पल-भर के लिए बर्फ़ीली ठंड उसके ऊपर से रेंग गई। वह अन्दर-ही-अन्दर किसी छोटे-से जानवर की तरह, किसी पाखी

या खरगोश की तरह थरथराया जब उसे आभास हुआ कि वह कितना अकेला था। वह बरसों से बेघर-बार, अनिकेतन, रहा था और उसे ऐसा कभी महसूस नहीं हुआ था। अब उसे यह एहसास हो रहा था। इससे पहले, जब वह साधना और ध्यान में गहरे डूबा होता, तब भी वह अपने पिता का बेटा ही रहता, उच्च कुल का ब्राह्मण, धर्मपरायण पुरुष। अब वह केवल सिद्धार्थ था, जागृत, जगा हुआ; इसके अलावा और कुछ नहीं। उसने लम्बी साँस ली और एक पल के लिए वह काँपा। कोई भी इतना अकेला नहीं था जितना वह है। वह कोई सामन्त नहीं था, किसी अभिजन-तंत्र का सदस्य, वह कोई शिल्पी या कारीगर नहीं था, किसी संघ से जुड़ा हुआ और उसमें आसरा पाता हुआ, उसके रहन-सहन और भाषा में हिस्सेदार। वह कोई ब्राह्मण नहीं था, ब्राह्मणों के जीवन में भाग लेता हुआ, श्रमणों में शामिल कोई तपस्वी नहीं। वनों में सबसे एकाकी तपस्वी भी ऐसा नहीं था, इतना अकेला नहीं था; वह भी एक समुदाय का हिस्सा था। गोविन्द एक भिक्षु बन गया था और हज़ारों भिक्षु उसके बन्धु थे, वैसा ही चीवर धारण करते थे, उसके विश्वासों में भागीदारी करते थे और उसकी भाषा बोलते थे। लेकिन वह–सिद्धार्थ–वह कहाँ था, किससे जुड़ा था? किसके जीवन में वह हिस्सा बँटाएगा? किसकी भाषा वह बोलेगा?

उस क्षण, जब उसके चारों ओर की दुनिया पिघलकर बह गई, जब वह नभ में किसी तारक की तरह अकेला खड़ा था, उस पर बर्फ़ीली हताशा का एक भाव हावी हो गया, लेकिन वह पहले से कहीं अधिक दृढ़ता से खुद था। यही उसकी जागृति का अन्तिम कम्पन था, जन्म की आखिरी पीड़ा। फ़ौरन ही वह फिर आगे को बढ़ चला और तेज़ी से और अधीरता से कदम बढ़ाने लगा, अब घर की ओर नहीं, पिता की ओर नहीं, अब बिना पीछे की ओर देखे।

कमला

सिद्धार्थ अपने पथ के हर कदम पर कुछ-न-कुछ नया सीखता, क्योंकि दुनिया बदल चुकी थी और वह मोहित था। वह सूर्य को वनों और पर्वतों के ऊपर उदित होते देखता और सुदूर ताड़ के गाछों वाले तट की दूसरी तरफ़ अस्त होते। रात को नभ में तारों को देखता और हँसुए के आकार के चाँद को किसी नाव की तरह नीलेपन में तैरते। वह पेड़, तारे, पशु, बादल, इन्द्रधनुष, चट्टानें, सरपत, फूल, नाले और नदी, सुबह के समय झाड़ियों पर ओस की झिलमिलाहट, सुदूर नीले और निर्वर्ण ऊँचे पर्वत देखता; चिड़ियाँ चहचहातीं, मधुमक्खियाँ गुनगुनातीं, हवा हल्के-से धान के खेतों के ऊपर से बहती चली जाती। यह सब, रंग-बिरंगा और हज़ारों रूपाकारों में हमेशा वहाँ रहा था। सूर्य और चन्द्रमा हमेशा चमकते रहे थे; नदियाँ हमेशा बहती रही थीं और मधुमक्खियाँ गुनगुनाती रही थीं, लेकिन बीते हुए समय में यह सब सिद्धार्थ के लिए उसकी आँखों के सामने एक क्षणभंगुर और माया-सरीखे आवरण के सिवा और कुछ न था, सन्देह से देखा गया, अनदेखा और विचारों से बहिष्कृत किए जाने के लिए अभिशप्त, क्योंकि वह वास्तविकता नहीं था, क्योंकि वास्तविकता दृश्य जगत की दूसरी ओर विद्यमान थी। लेकिन अब उसकी आँखें इस तरफ़ ठहरतीं, रुकतीं; वह दृश्य जगत को देखता और पहचानता और इस दुनिया में अपनी जगह खोजता। वह वास्तविकता की तलाश नहीं करता था; उसका उद्देश्य किसी दूसरी ओर नहीं था। इस तरह देखी जाने पर दुनिया खूबसूरत थी—बिना किसी खोज के, इतनी सरल, इतनी बच्चों-सरीखी। चन्द्रमा और तारे सुन्दर थे, नाला, तट, वन और चट्टान, बकरी और सुनहरा भृंग, फूल और तितली सुन्दर थीं। दुनिया से होकर उस तरह गुज़रना सुन्दर और सुखद था, इतना बच्चों-सरीखा, इतना जागृत, तात्कालिक से इतना सम्बद्ध, बिना किसी सन्देह के। दूसरी जगह सूर्य तीखेपन से तपता, दूसरी जगह वन की छाया

में शीतलता थी, दूसरी जगह कोंहड़े और केले थे। रात और दिन छोटे थे, हर घड़ी समुद्र पर पाल की तरह तेज़ी से गुज़र जाती, खज़ाने से भरे जहाज़ के पाल के नीचे से, आनन्द से भरपूर। सिद्धार्थ ने बन्दरों के एक दल को वन की गहराई में डालियों के बीच ऊँचाई पर इधर-उधर जाते देखा और उनकी बेलगाम आतुर चीखें सुनीं। सिद्धार्थ ने एक भेड़े को भेड़ का पीछा करते और जोड़ा खाते देखा। सरपत से भरी एक झील में उसने पाइक मछली को शाम की भूख के चलते शिकार करते देखा। छोटी मछलियों के झुंड, फड़फड़ाते और पानी में चमकते, चिन्ता और घबराहट में उससे दूर भाग निकले। क्रोध से बौखलाए शिकारी ने तेज़ी से बहते पानी के भँवरों में अपनी ताकत और इच्छा प्रतिबिम्बित की।

यह सब हमेशा रहा था और उसने कभी देखा नहीं था; वह कभी मौजूद नहीं था। अब वह मौजूद था और उसका हिस्सा था। अपनी आँखों से वह प्रकाश और छायाएँ देखता; अपने दिमाग के माध्यम से उसे चन्द्रमा और तारों का आभास था।

रास्ते में सिद्धार्थ ने वह सब याद किया जो उसने जेतवन के उद्यान में अनुभव किया था, वे उपदेश जो उसने वहाँ तथागत बुद्ध से सुने थे, गोविन्द से विदा होना और महाबोधि के साथ हुई बातचीत। उसे वह एक-एक शब्द याद था जो उसने महाबोधि से कहा था और उसे आश्चर्य हुआ कि उसने ऐसी बातें कही थीं जो उसे तब सचमुच मालूम नहीं थीं। बुद्ध से जो उसने कहा था कि बुद्ध का ज्ञान और रहस्य सिखाया नहीं जा सकता था, कि वह व्यक्त नहीं किया जा सकता था और सम्प्रेषित नहीं किया जा सकता था—और जो उसने बोध की एक घड़ी में कभी अनुभव किया था, वही था जिसका अनुभव करने के लिए वह अब निकल पड़ा था, जो अब वह अनुभव करना शुरू कर रहा था। उसे खुद अनुभव प्राप्त करना होगा। उसे एक लंबे समय से पता था कि उसका स्व आत्मन् था, ब्रह्मन् जैसी ही शाश्वत प्रकृति वाला, लेकिन उसने कभी अपने स्व को सचमुच पाया नहीं था, क्योंकि उसने उसे विचारों के जाल में फाँसना चाहा था। निश्चय ही देह स्व नहीं थी, न ही इन्द्रियों की क्रीड़ा, न विचार, न बोध, न अर्जित ज्ञान या कला जिससे निष्कर्ष निकाले जाएँ और पहले ही मौजूद विचारों से नये विचार बुने जाएँ। नहीं, विचारों की यह दुनिया अब भी इस तरफ़ थी और जब कोई लक्ष्यहीन स्व की इन्द्रियों को नष्ट कर देता तो यह किसी लक्ष्य तक न ले जाता, बल्कि उसे विचारों और पांडित्य से पूरा करता। विचार और इन्द्रियाँ अच्छी चीज़ें थीं; दोनों के पीछे अन्तिम अभिप्राय दिया हुआ था; दोनों

को सुनना, दोनों से खेलना उपयोगी था, उनमें से किसी एक को भी न तो तिरस्कृत करना, न ज़रूरत से ज़्यादा करके आँकना, बल्कि दोनों की आवाज़ों को ध्यान से सुनना। वह उसी को हासिल करने की कोशिश करेगा जिसके लिए उसके अन्दर की आवाज़ उसे आदेश देगी, सिर्फ़ उसी जगह ठहरेगा जहाँ आवाज़ उसे सलाह देगी। कभी गौतम अपनी महानतम घड़ी में, जब उन्हें बोध प्राप्ति हुई, बरगद के पेड़ के नीचे क्यों बैठे थे? उन्होंने एक आवाज़ सुनी थी, खुद अपने हृदय में एक आवाज़ जिसने उन्हें इस पेड़ के नीचे विश्राम करने का आदेश दिया था और उन्होंने शरीर के दमन का उपाय नहीं अपनाया था, न यज्ञ और बलि का, स्नान या प्रार्थना का, खाने या पीने का, सोते या सपने देखने का; उन्होंने आवाज़ को सुना था। कोई और बाहरी आदेश न मानना। सिर्फ़ आवाज़। तैयार रहना—यह अच्छा था, यह ज़रूरी था। कोई और चीज़ ज़रूरी नहीं थी।

रात के वक्त, एक मल्लाह की फूस की झोंपड़ी में सोते हुए, सिद्धार्थ ने एक सपना देखा। सपने में उसने देखा कि गोविन्द उसके सामने खड़ा है, तपस्वियों के पीले चीवर में। गोविन्द उदास दिख रहा था और उसने सिद्धार्थ से पूछा, 'तुम मुझे क्यों छोड़ गए?' इस पर उसने गोविन्द को गले लगाया, अपनी बाँह के घेरे में उसे लिया और उसे छाती से लगाते हुए चूमा। वह अब गोविन्द नहीं था, बल्कि एक औरत और औरत के चोले से एक भरी हुई छाती निकली और सिद्धार्थ ने वहाँ लेटे हुए उसे पिया; इस छाती का दूध स्वाद में मीठा और पुष्ट था। उसमें औरत और मर्द का स्वाद था, सूर्य और वन का, पशु और फूल का, हर तरह के फल का, हर आनन्द का। वह मादक था। जब सिद्धार्थ जागा तो निर्वर्ण नदी झोंपड़ी के दरवाज़े के सामने से झिलमिलाती हुई बह रही थी और वन में किसी उल्लू की आवाज़ गूँज रही थी, ऊँची और साफ़।

दिन के शुरू होने पर सिद्धार्थ ने अपने मेज़बान मल्लाह से कहा कि वह उसे नदी पार करा दे। मल्लाह उसे अपने बाँस के बेड़े पर पार ले गया। पानी की चौड़ी चादर सुबह की रोशनी में गुलाबी झिलमिला रही थी।

“बहुत सुन्दर नदी है,” उसने अपने साथी से कहा।

“हाँ,” मल्लाह बोला, “बहुत सुन्दर नदी है। मैं इसे सबसे ज़्यादा प्यार करता हूँ। मैंने अक्सर इसे सुना है, इसे निहारा है और मैंने हमेशा इससे कुछ सीखा है। नदी से आदमी बहुत कुछ सीख सकता है।”

“धन्यवाद, भले आदमी,” दूसरी तरफ़ उतरने पर सिद्धार्थ ने कहा। “मुझे खेद है, मेरे पास तुम्हें भेंट करने के लिए कुछ नहीं है, न कोई उपहार, न पैसा।

मैं बेघर हूँ, ब्राह्मण का बेटा और ऊपर से श्रमण।''

''यह तो मैंने देख ही लिया था,'' मल्लाह ने कहा, ''और मैंने तुमसे कोई पैसे या उपहार की उम्मीद नहीं रखी थी। तुम वह किसी और समय मुझे दे दोगे।''

''तुम्हारा ऐसा ख्याल है?'' सिद्धार्थ ने विनोद-भरे स्वर में कहा।

''एकदम। मैंने यह भी नदी ही से सीखा है कि सब कुछ वापस आ जाता है। तुम भी वापस आओगे, श्रमण! अब विदा, तुम्हारी मित्रता ही मेरा भुगतान हो! जब तुम देवताओं को बलि दो तो मेरे बारे में सोचना।''

मुस्कराते हुए उन्होंने एक-दूसरे से विदा ली। सिद्धार्थ मल्लाह के सौहार्द पर प्रसन्न था। वह गोविन्द की तरह है, उसने मुस्कराते हुए सोचा। वे सब लोग जिनसे मैं रास्ते में मिलता हूँ, गोविन्द की तरह हैं। वे सब कृतज्ञ हैं, जबकि वे खुद धन्यवाद के योग्य हैं। सभी सेवा-भाव से भरे हैं, सभी मेरे मित्र बनना, आज्ञा मानना और कम सोचना चाहते हैं। लोग बच्चे हैं।

दोपहर को वह एक गाँव से होकर गुज़रा। बच्चे मिट्टी के बने झोंपड़ों के सामने की गली में उछल-कूद रहे थे। वे कोंहड़े के बीजों और सीपियों से खेल रहे थे। वे शोर मचाते हुए आपस में कुश्तम-कुश्ती कर रहे थे, लेकिन जब वह अजनबी श्रमण प्रकट हुआ तो वे सहम कर भाग खड़े हुए। गाँव के अन्त में रास्ता एक नाले के साथ-साथ जाता था और नाले के किनारे एक युवती घुटनों के बल बैठकर कपड़े धो रही थी। जब सिद्धार्थ ने उससे सलाम-दुआ की तो उसने सिर उठाकर मुस्कराते हुए उसे देखा। वह उसकी आँखों की सफ़ेदी की चमक देख सकता था। उसने ऊँची आवाज़ में आशीर्वाद दिया जैसा कि यात्रियों की परम्परा है और पूछा कि बड़े शहर तक पहुँचने के लिए अभी कितना रास्ता बाकी था। इस पर वह उठ खड़ी हुई और अपने जवान चेहरे पर मोहक ढंग से चमकते होंट लिये, उसकी ओर आई। उसने सिद्धार्थ से कुछ हल्की-फुल्की बातें कीं, पूछा कि उसने अभी तक कुछ खाया था या नहीं और क्या यह सच था कि श्रमण रात को वन में अकेले सोते थे और उन्हें अपने साथ औरतें रखने की छूट नहीं थी। फिर उसने अपना बायाँ पैर उसके दायें पैर पर रखा और एक इशारा किया, जैसा कोई औरत करती है जब वह किसी आदमी को प्रेम के ऐसे आनन्द के लिए आमन्त्रित करती है जिसे धर्मशास्त्रों में 'पेड़ पर चढ़ना' कहा गया है। सिद्धार्थ को अपना रक्त गर्म होता महसूस हुआ और उस क्षण जैसे ही उसने अपने सपने को फिर से पहचाना, उसने उस युवती की ओर थोड़ा-सा झुककर उसकी छाती के भूरे नुकीले सिरे को चूम लिया। नज़रें ऊपर करते हुए

उसने युवती का मुस्कराता चेहरा देखा, इच्छा से भरा हुआ और उसकी अधखुली आँखों में लालसा की याचना।

सिद्धार्थ ने भी अपने भीतर लालसा और कामुकता की हलचल महसूस की, लेकिन चूँकि उसने अभी तक कभी किसी औरत को छुआ नहीं था, वह पल भर को हिचकिचाया, हालाँकि उसके हाथ युवती को दबोच लेने के लिए तैयार थे। उसी क्षण उसे अपने अन्दर की आवाज़ सुनाई दी और आवाज़ ने कहा, ''नहीं।'' इस पर उस युवती के मुस्कराते चेहरे का सारा जादू गायब हो गया और सिद्धार्थ को एक प्रणयातुर युवती की आवेग-भरी चितवन के सिवा वहाँ और कुछ नज़र नहीं आया। नरमी से उसने युवती के गाल को सहलाया और जल्दी से निराश युवती को वहीं छोड़कर बँसवारी में गायब हो गया।

उस दिन शाम होने से पहले वह एक बड़े नगर में पहुँचा और उसे खुशी महसूस हुई, क्योंकि उसके मन में लोगों के बीच रहने की इच्छा थी। वह एक लम्बे समय से वन में रहा था और मल्लाह की वह कुटिया, जिसमें वह पिछली रात सोया था, पहली छत थी जो उसे एक बहुत लम्बे समय बाद नसीब हुई थी।

यात्री को नगर के बाहर, बिना बाड़ वाले एक सुन्दर कुंज के पास टोकरियों का बोझ उठाए पुरुष और स्त्री सेवक-सेविकाओं की एक छोटी-सी कतार मिली। उनके बीच, एक अलंकृत पालकी में, जिसे चार कहार ढो रहे थे, एक औरत, उनकी मालकिन, लाल तकियों के सहारे, रंगीन छतरी के नीचे बैठी हुई थी। सिद्धार्थ उस उपवन के प्रवेश-द्वार पर ठिठका खड़ा, उस जुलूस को—पुरुष सेवकों, परिचारिकाओं और टोकरियों को देखता रहा। उसने पालकी और उसमें बैठी औरत को भी देखा—सँवारकर ऊपर को इकट्ठा की गई केशराशि। उसने एक उत्फुल्ल, बहुत मधुर, बहुत चतुर चेहरा, ताज़ा कटी अंजीर-सरीखा चटक लाल मुँह, खूबसूरती से सँवारी गई धनुषाकार भौंहें और कजरारी आँखें देखीं, होशियारी से सब कुछ परखती हुई और हरे और सुनहरे लबादे के ऊपर एक निर्दोष, छरहरी गरदन। औरत के हाथ पुष्ट और चिकने थे, लम्बे और सुकुमार और कलाइयों पर सोने के चौड़े कंगन।

सिद्धार्थ ने देखा कि वह कितनी सुन्दर थी और उसका हृदय आनन्द से भर उठा। जब पालकी उसके नज़दीक से गुजरी तो उसने नीचे झुककर अभिवादन किया और फिर सीधा होते हुए उस उत्फुल्ल सुन्दर चेहरे को निहारा और पल-भर के लिए उन चतुर धनुषाकार आँखों में और अपनी साँस में एक अचीन्हे इत्र

की सुगंध महसूस की।

क्षण-भर के लिए उस सुन्दर औरत ने सिर हिलाया और मुस्कराई, फिर अपने नौकरों के आगे-आगे कुंज में विलीन हो गई।

और इस तरह, सिद्धार्थ ने सोचा, मैं इस नगर के भीतर एक शुभ मुहूर्त में प्रवेश कर रहा हूँ। उसे फ़ौरन उस कुंज के भीतर दाखिल होने का उद्रेक महसूस हुआ, लेकिन उसने इस खयाल को मन में उलटा-पलटा, क्योंकि तभी उसे सूझा था कि उन पुरुष सेवकों और परिचारिकाओं ने प्रवेश-द्वार पर उसकी तरफ़ कैसी निगाहों से देखा था, इतनी उपेक्षा से, सन्देह से, इस तरह नज़रों से खारिज करते हुए।

मैं अब भी एक श्रमण हूँ, उसने सोचा, अब भी एक तपस्वी और भिखारी। मैं ऐसा अब नहीं रह सकता। मैं इस दशा में कुंज के भीतर प्रवेश नहीं कर सकता। और वह हँसा।

जो पहले-पहले लोग उसे मिले, उनसे उसने उस कुंज और उस औरत के नाम के बारे में पूछा और उसे पता चला कि वह कमला का कुंज था जो एक जानी-मानी गणिका थी और उस कुंज के अलावा वह नगर में एक मकान की स्वामिनी भी थी।

फिर सिद्धार्थ नगर में दाखिल हुआ। उसका एक ही लक्ष्य था। उस तक पहुँचने के लिए उसने नगर का निरीक्षण किया, सड़कों की भूल-भुलैयाँ में इधर-उधर भटकता रहा, कुछ जगहों पर थिर खड़ा रहा और नदी को उतरने वाली पत्थर की सीढ़ियों पर विश्राम करता रहा।

शाम होते-होते उसने एक नाई के चेले से मित्रता कर ली जिसे उसने एक मेहराब की छाया में काम करते देखा था। वह उससे दोबारा विष्णु के मन्दिर में प्रार्थना के समय मिला। रात के दौरान वह नदी के किनारे बँधी नावों के बीच सोया और सुबह-सवेरे, इससे पहले कि दुकान में ग्राहक आते, वह नाई के सहायक से अपनी दाढ़ी सफ़ाचट करवा चुका था। उसने अपने बालों को कंघी से भी सँवरवाया और उनमें उम्दा तेल की मालिश करवाई। फिर वह नदी में नहाने गया।

जब सुन्दरी कमला दोपहर बाद अपनी पालकी में अपने कुंज की ओर जा रही थी, सिद्धार्थ प्रवेश-द्वार पर मौजूद था। वह अभिनंदन में झुका और उसने गणिका का अभिवादन स्वीकार किया। उसने जुलूस के एकदम आखिर में चल रहे नौकर को बुलाया और उससे कहा कि वह अपनी स्वामिनी को जाकर सूचित करे कि एक युवा ब्राह्मण उससे बात करना चाहता था। कुछ समय बाद सेवक

लौटा, उसने सिद्धार्थ को अपने पीछे आने का इशारा किया, खामोशी से उसे एक मंडप में पहुँचा दिया जहाँ कमला एक शय्या पर लेटी हुई थी और फिर चला गया।

''क्या तुम्हीं ने कल बाहर खड़े होकर मेरा अभिवादन नहीं किया था?'' कमला ने पूछा।

''हाँ, सच है। मैंने तुम्हें कल देखा था और अभिनंदन किया था।''

''लेकिन कल क्या तुम्हारी दाढ़ी नहीं थी और लम्बे बाल और बालों में धूल?''

''तुमने अच्छी तरह परखा है, सब कुछ देखा है तुमने। तुमने ब्राह्मण-पुत्र सिद्धार्थ को देखा है जिसने श्रमण बनने के लिए घर छोड़ा था और जो तीन साल तक श्रमण था। अब लेकिन मैंने वह पथ त्याग दिया है और इस नगर में आ गया हूँ और नगर में पहुँचने से पहले जिस पहले व्यक्ति से मैं मिला, वह तुम थीं। मैं यहाँ तुम्हें यह बताने आया हूँ ओ कमला, कि तुम पहली औरत हो जिससे सिद्धार्थ ने बिना आँखें नीची किए बात की है। अब किसी सुन्दर नारी से भेंट होने पर मैं कभी आँखें नीची नहीं करूँगा।''

कमला मुस्कराई और मोर के परों से बने पंखे से खेलती रही; फिर बोली, ''बस, सिद्धार्थ मुझे यही बताने आया था?''

''मैं तुम्हें यही बताने आया था और तुम्हें धन्यवाद देने, क्योंकि तुम इतनी सुन्दर हो। और अगर यह तुम्हें अप्रसन्न न करे, कमला, तो मैं तुम्हें अपना मित्र और गुरु बनने का अनुरोध करूँगा, क्योंकि मुझे उस कला के बारे में कुछ नहीं मालूम जिसकी तुम स्वामिनी हो।''

इस पर कमला ऊँचे स्वर में हँस दी।

''आज तक मेरे साथ ऐसा नहीं हुआ है कि वन से कोई श्रमण मेरे पास आए और मुझसे सीखने की इच्छा प्रकट करे। कभी कोई लम्बे बालों वाला और फटे कोपीन वाला श्रमण मेरे पास नहीं आया। बहुत-से युवक मेरे पास आते हैं, जिनमें ब्राह्मण-पुत्र भी होते हैं, लेकिन वे मेरे पास अच्छे वस्त्रों में, अच्छे जूते पहनकर आते हैं; उनके बालों में इत्र और बटुओं में धन होता है। हे श्रमण, ये युवक इसी तरह मेरे पास आते हैं।''

सिद्धार्थ ने कहा, ''मैं अभी से तुमसे सीखने लगा हूँ। कल भी मैंने तुमसे कुछ सीखा। पहले ही मैंने अपनी दाढ़ी से छुट्टी पा ली है, मैंने बालों में तेल लगाकर कंघी कर ली है। अब बहुत कमी नहीं रह गई है, भद्रे : अच्छे वस्त्र,

उम्दा जूते और बटुए में पैसे। सिद्धार्थ ने इन तुच्छ चीज़ों की तुलना में कहीं अधिक कठिन काम करने का बीड़ा उठाया है और उन्हें पूरा किया है। अब मैं वह सब क्यों प्राप्त नहीं कर सकता जिसका बीड़ा मैंने कल उठाया है, ताकि मैं तुम्हारा मित्र बन सकूँ और प्रेम के आनन्द को तुमसे सीख सकूँ? तुम मुझे एक योग्य शिष्य पाओगी, कमला! मुझे सिखाने के लिए जो कुछ तुम्हारे पास है, उससे कहीं अधिक कठिन चीज़ें मैंने सीखी हैं। इसलिए सिद्धार्थ, जैसा कि है, बालों में तेल लगाए, पर बिना कपड़ों, जूतों और धन के, वह तुम्हारे योग्य नहीं है!''

कमला हँसी और बोली, ''नहीं, अभी वह योग्य नहीं है। उसके पास परिधान होना चाहिए, उत्तम परिधान, और जूते, अच्छे जूते और बटुए में काफ़ी धन और कमला के लिए उपहार। अब तुम्हें पता चला, वन से आए श्रमण? समझे तुम?''

''बहुत अच्छी तरह समझा,'' सिद्धार्थ ने तेज़ी से ऊँचे स्वर में जवाब दिया, ''समझने में कैसे भूल कर सकता हूँ मैं, जब वह ऐसे मुँह से निकल रहा है? तुम्हारा मुँह ताज़ा कटी अंजीर की तरह है, कमला। मेरे होंट भी लाल और ताज़ा हैं और तुम्हारे होंटों पर ठीक बैठेंगे, तुम देखना। लेकिन यह तो बताओ, कमला सुन्दरी, क्या तुम वन से आए श्रमण से तनिक भी भयभीत नहीं हो, जो प्रेम के बारे में सीखने आया है?''

''मैं किसी श्रमण से क्यों डरूँ, वन से आए किसी मूर्ख श्रमण से, जो सियारों के पास से आया है और स्त्रियों के बारे में कुछ नहीं जानता?''

''अरे, श्रमण शक्तिशाली है और किसी चीज़ से नहीं डरता। वह तुम पर बल प्रयोग कर सकता है, सुन्दरी, तुम्हें लूट सकता है, तुम्हें चोट पहुँचा सकता है।''

''नहीं श्रमण, मैं भयभीत नहीं हूँ। क्या कोई श्रमण या ब्राह्मण कभी इस बात से डरा है कि कोई आकर, उसे पीट कर, उसका ज्ञान, उसकी पवित्रता, विचारों की गहराई तक पहुँचने की उसकी शक्ति हर ले जाएगा? नहीं, क्योंकि यह सब कुछ उसका अपना है और वह इनका वही हिस्सा दे सकता है, जो वह चाहता है और अगर वह चाहता है। ठीक यही स्थिति कमला के साथ और प्रेम के आनन्द के साथ है। सुन्दर और लाल हैं कमला के होंट, लेकिन उन्हें कमला की इच्छा के बिना चूमने की कोशिश करो, तुम उनसे मधुरता की एक बूँद भी नहीं पाओगे—हालाँकि वे अच्छी तरह जानते हैं मिठास कैसे बख़्शी जाए। तुम एक उचित शिष्य हो सिद्धार्थ तो यह भी सीख लो। कोई प्रेम की भिक्षा माँग

सकता है, उसे खरीद सकता है, उपहार में पा सकता है या सड़कों पर हासिल कर सकता है, लेकिन वह कभी चुराया नहीं जा सकता। तुमने गलत समझा है। हाँ, अफ़सोस की बात होगी अगर तुम्हारे जैसा सजीला युवक गलत समझे।''

सिद्धार्थ ने झुककर उसको नमन किया और मुस्कराया। ''तुम सही हो, कमला, सचमुच अफ़सोस की बात होगी। यह बहुत अफ़सोस की बात होगी। नहीं, तुम्हारे होंटों से मिठास की कोई बूँद गँवाई नहीं जा सकती, न मेरे होंटों से। इसलिए सिद्धार्थ फिर आएगा जब उसके पास वह सब होगा, जिसकी फ़िलहाल कमी है—कपड़े, जूते, धन। लेकिन मुझे बताओ, कमला सुन्दरी, क्या तुम मुझे थोड़ी-सी सलाह नहीं दे सकतीं?''

''सलाह? क्यों नहीं? कौन होगा जो एक गरीब, नादान श्रमण को जो वन के सियारों के पास से आया है, खुशी से सलाह नहीं देना चाहेगा?''

''प्यारी कमला, इन तीन चीज़ों को यथासंभव जल्दी-से-जल्दी प्राप्त करने के लिए मैं कहाँ जा सकता हूँ?''

''मित्र, बहुत-से लोग यह जानना चाहते हैं। तुम्हें वही करना चाहिए जो तुमने सीखा है और उससे पैसे, कपड़े और जूते हासिल करने चाहिएँ। गरीब आदमी इसके अलावा किसी और तरीके से धन नहीं प्राप्त कर सकता।''

''मैं सोच सकता हूँ, प्रतीक्षा कर सकता हूँ, उपवास रख सकता हूँ।''

''और कुछ नहीं?''

''कुछ नहीं। अरे हाँ, मैं कविता कर सकता हूँ। क्या तुम मुझे एक कविता के बदले एक चुम्बन दोगी?''

''ऐसा मैं तभी करूँगी अगर तुम्हारी कविता मुझे अच्छी लगी। क्या शीर्षक है उसका?''

पल-भर सोचने के बाद सिद्धार्थ ने यह कविता सुनाई :

> *जा रही थी जब सुमुखि कमला कुंज में अपने*
> *तभी उस कुंज के मुख पर*
> *श्रमण ने देखकर उस कमलिनी को*
> *नतग्रीव हो नन्दन किया*
> *जिसको किया स्वीकार कमला ने*
> *सहज मुस्कान से।*
> *सोचा श्रमण ने*

कमला ने ज़ोर से ताली बजाई, जिससे उसके सुनहरी कंगन खनखना उठे।

"कविता तुम्हारी अच्छी है, श्रमण युवक और सचमुच इसके बदले में चुम्बन देने में कोई हानि नहीं।"

उसने श्रमण को आँखों के इशारे से अपने नज़दीक खींचा। उसने अपना चेहरा कमला के चेहरे से सटाया और अपने होंट उसके होंटों पर रख दिये जो ताज़ा कटी अंजीर जैसे थे। कमला ने उसका गहरा चुम्बन लिया और भारी रोमांच के बीच सिद्धार्थ ने महसूस किया कि कितना कुछ वह उसे सिखा गई, कितनी चतुर थी वह, कैसे उसने सिद्धार्थ पर अधिकार किया, उसे ठुकराया, उसे लुभाया और कैसे इस लम्बे चुम्बन के बाद आगे के चुम्बनों की एक लम्बी कतार, सब-के-सब अलग-अलग, उसका इन्तज़ार कर रही थी। वह ठिठका खड़ा रहा, लम्बी-लम्बी साँसें लेता हुआ। उस क्षण वह एक बच्चे-सरीखा था—अपनी आँखों के सामने खुलते ज्ञान और शिक्षा के भंडार पर विस्मित।

"तुम्हारी कविता बहुत अच्छी है," कमला ने कहा। "अगर मैं अमीर होती तो तुम्हें इसके लिए पैसे देती। लेकिन तुम्हारे लिए कविता से उतने पैसे कमाना मुश्किल होगा जितने तुम चाहते हो। क्योंकि अगर तुम कमला के मित्र बनना चाहते हो तो तुम्हें बहुत पैसों की ज़रूरत होगी।"

"तुम्हें कितनी अच्छी तरह चुम्बन करना आता है, कमला!" सिद्धार्थ हकलाया।

"हाँ, सचमुच, तभी तो मुझे कपड़ों, जूतों, कंगनों और तरह-तरह की सुन्दर चीज़ों की कोई कमी नहीं है। लेकिन तुम क्या करोगे? क्या तुम सोचने, उपवास रखने और कविता करने के अलावा कुछ नहीं कर सकते?"

"मुझे यज्ञ के मन्त्र और श्लोक भी आते हैं," सिद्धार्थ ने कहा, "लेकिन अब मैं उनका पाठ नहीं करूँगा। मुझे भजन गाने भी आते हैं, पर अब मैं उन्हें नहीं गाऊँगा। मैंने शास्त्र पढ़े हैं..."

"रुको," कमला ने टोका, "तुम लिख-पढ़ सकते हो?"

"निश्चय ही। बहुत-से लोग ऐसा कर सकते हैं।"

‘‘अधिकतर लोग नहीं। मैं नहीं लिख-पढ़ सकती। यह बहुत अच्छी बात है कि तुम पढ़ना-लिखना जानते हो, बहुत अच्छा। हो सकता है तुम्हें मन्त्र पाठ की भी ज़रूरत पड़े।’’

ठीक उसी समय एक सेवक ने आकर अपनी स्वामिनी के कान में फुसफुसाकर कुछ कहा।

‘‘मुझसे कोई मिलने आया है,’’ कमला ने कहा, ‘‘जल्दी से गायब हो जाओ, सिद्धार्थ, कोई तुम्हें यहाँ देख न पाए। मैं तुमसे कल फिर मिलूँगी।’’

मगर उसने सेवक को आदेश दिया कि वह इस तपस्वी ब्राह्मण को एक सफ़ेद परिधान दे दे। इससे पहले कि सिद्धार्थ समझ पाता कि क्या हो रहा था, उसे एक सेवक वहाँ से एक घुमावदार रास्ते से वाटिका के साथ बने भवन में ले गया जहाँ उसने सिद्धार्थ को एक परिधान दिया और स्पष्ट शब्दों में यह हिदायत दी कि वह बिना दिखे जल्दी-से-जल्दी कुंज से चला जाए।

निश्चिन्त भाव से सिद्धार्थ ने वैसा ही किया जैसा उसे कहा गया था। वन का अभ्यस्त होने के कारण वह चुपचाप झाड़ी को फलाँग कर कुंज के बाहर निकल गया। निश्चिन्त भाव ही से वह गोल-गोल लपेटे हुए परिधान को बगल में दाबे, नगर में वापस आया। वह एक सराय के दरवाज़े पर, जहाँ यात्री मिला करते थे, खड़ा हो गया, बिना कुछ बोले उसने भोजन की भिक्षा माँगी और चुपचाप चावल की टिक्की का टुकड़ा स्वीकार कर लिया। कल शायद, उसने सोचा, मुझे खाने के लिए भिक्षा माँगने की ज़रूरत नहीं पड़ेगी।

अचानक वह गर्व की भावना से अभिभूत हो गया। अब श्रमण नहीं रह गया था, इसलिए अब यह शोभा नहीं देता था कि वह भिक्षा माँगे।

उसने चावल की टिक्की एक कुत्ते को दे दी और बिना खाये रह गया।

यहाँ जो जीवन जिया जा रहा है, वह सहज-सरल है—सिद्धार्थ ने सोचा। इसमें कोई कठिनाई नहीं है। जब मैं श्रमण था तब हर चीज़ कठिन, थकाऊ और अन्ततः हताशा से भरी थी। अब हर चीज़ आसान है, उतनी आसान जितनी चुम्बन की वह सीख जो कमला देती है। मुझे वस्त्र और पैसे चाहिएँ, बस। ये आसान लक्ष्य हैं जिनसे नींद नहीं खराब होती।

उसने बहुत पहले ही कमला के नगर वाले भवन के बारे में पता कर लिया था और वह अगले दिन वहाँ पहुँचा।

‘‘चीज़ें ठीक चल रही हैं,’’ कमला ने उससे कहा। ‘‘कामस्वामी को उम्मीद है कि तुम उससे मिलने जाओगे; वह नगर का सबसे बड़ा व्यापारी है। अगर

तुम उसको पसन्द आ गए तो वह तुम्हें अपनी सेवा में ले लेगा। चतुर बनो, वन के श्रमण! मैंने दूसरों के माध्यम से तुम्हारा नाम उस तक पहुँचा दिया है। उसके साथ मित्रता-भरा व्यवहार करना; वह बहुत ताकतवर है, लेकिन बहुत विनम्रता मत दिखाना। मैं तुम्हें उसके सेवक के रूप में नहीं, उसकी बराबरी का देखना चाहती हूँ, वरना मुझे तुमसे प्रसन्नता नहीं होगी। कामस्वामी अब बूढ़ा और आलसी होता जा रहा है। अगर तुम उसे पसन्द आ गए तो वह तुम पर बहुत विश्वास करने लगेगा।''

सिद्धार्थ ने उसे धन्यवाद दिया और हँसा और जब कमला को पता चला कि उसने उस दिन और पिछले दिन भी कुछ नहीं खाया था तो उसने आदेश दिया कि सिद्धार्थ के लिए रोटी और फल लाए जाएँ और उसने खुद उसका सत्कार किया।

''तुम किस्मत वाले हो,'' सिद्धार्थ के विदा होते समय कमला ने उससे कहा, ''एक के बाद दूसरा दरवाज़ा तुम्हारे सामने खुलता जा रहा है। कैसे होता है यह? क्या तुम्हारे पास कोई मन्त्र है?''

सिद्धार्थ बोला, ''कल मैंने तुम्हें बताया था कि मैं सोचना, प्रतीक्षा करना और उपवास रखना जानता हूँ, लेकिन तुमने इन्हें किसी काम का नहीं समझा। लेकिन तुम देखोगी कि ये कितने उपयोगी हैं, कमला! तुम देखोगी कि वन के मूढ़ श्रमण बहुत-सी उपयोगी बातें सीखते और जानते हैं। परसों मैं एक फटीचर भिखारी था; कल मैंने कमला को चूम भी लिया था और जल्दी ही मैं एक व्यापारी बन जाऊँगा और मेरे पास धन और वे सब चीज़ें होंगी जिन्हें तुम इतना कीमती समझती हो।''

''बेशक,'' उसने हामी भरी, ''लेकिन मेरे बिना तुम्हारा क्या हाल हुआ होता? कहाँ होते तुम अगर कमला ने तुम्हारी मदद न की होती।''

''प्यारी कमला,'' सिद्धार्थ ने कहा, ''जब मैं तुम्हारे कुंज में तुम्हारे पास आया था तो मैंने पहला कदम उठाया था। मेरा इरादा सबसे सुन्दर औरत से प्रेम के बारे में सीखने का था। जिस क्षण से मैंने वह संकल्प लिया था, मैं यह भी जानता था कि मैं उसे सम्पन्न करूँगा। मैं जानता था कि तुम मेरी मदद करोगी। मैं वाटिका के प्रवेश-द्वार पर तुम्हारी पहली नज़र से यह समझ गया था।''

''और अगर मैंने न चाहा होता?''

''लेकिन तुमने चाहा। सुनो कमला, जब किसी पत्थर को पानी में फेंका जाता है, वह पानी के तल तक सबसे जल्दी वाला, सबसे छोटा रास्ता खोज लेता

है। ठीक ऐसा ही होता है जब सिद्धार्थ के पास एक लक्ष्य हो, एक उद्देश्य हो। सिद्धार्थ कुछ नहीं करता, वह प्रतीक्षा करता है, वह सोचता है, वह उपवास रखता है, लेकिन वह संसार के व्यापार से होकर वैसे ही गुज़रता है जैसे पत्थर पानी से, बिना कुछ किए, बिना खुद हिले-डुले; उसे खींचा जाता है और वह खुद को गिरने देता है। उसका उद्देश्य उसे खींच लेता है क्योंकि वह अपने दिमाग में ऐसा कुछ नहीं आने देता जो उसके उद्देश्य का विरोध करे। सिद्धार्थ ने यही श्रमणों से सीखा। यह वही है जिसे मूर्ख जादू कहते हैं और जो वे सोचते हैं प्रेतों के कारण होता है। कहीं कोई प्रेत नहीं हैं। हर आदमी जादू कर सकता है, हर आदमी अपने लक्ष्य तक पहुँच सकता है, अगर वह सोच सकता है, प्रतीक्षा कर सकता है, उपवास रख सकता है।''

कमला उसे सुनती रही। वह सिद्धार्थ की आवाज़ पर मुग्ध थी, उसे सिद्धार्थ की आँखों के भाव से प्यार था।

''शायद यह ऐसा ही है जैसा तुम कह रहे हो मित्र,'' उसने नरमी से कहा, ''और शायद यह इसलिए भी है, क्योंकि सिद्धार्थ एक सुन्दर पुरुष है, क्योंकि उसकी नज़र औरतों को भाती है, इसलिए वह भाग्यशाली है।''

सिद्धार्थ ने उसे चूमा और विदा ली। ''ऐसा ही हो, मेरी गुरु! मेरी नज़र हमेशा तुम्हें भाती रहे, मेरा सौभाग्य हमेशा मुझे तुम्हीं से मिलता रहे।''

लोगों के बीच

सिद्धार्थ व्यापारी कामस्वामी से मिलने गया और उसे एक शानदार मकान के भीतर ले जाया गया। सेवक उसे कीमती गालीचों को पार करते हुए एक कमरे में ले गए जहाँ वह भवन के स्वामी की प्रतीक्षा करने लगा।

कामस्वामी अन्दर आया। वह एक चुस्त, जीवन्त व्यक्ति था, खिचड़ी बालों, चतुर, विवेकपूर्ण आँखों और कामुक होंटों वाला। भवन के स्वामी और अतिथि ने मित्रतापूर्वक एक-दूसरे का स्वागत किया।

"मुझे बताया गया है," व्यापारी ने बात शुरू की, "कि तुम ब्राह्मण हो, विद्वान हो और एक व्यापारी के यहाँ नौकरी खोज रहे हो। तो क्या तुम अभाव में हो ब्राह्मण, जो तुम नौकरी खोज रहे हो?"

"नहीं," सिद्धार्थ ने जवाब दिया, "मैं अभाव में नहीं हूँ और मैं कभी अभाव में नहीं रहा हूँ। मैं श्रमणों के पास से आया हूँ जिनके साथ मैं लम्बे समय तक रहा हूँ।"

"अगर तुम श्रमणों के पास से आए हो तो यह कैसे है कि तुम्हें अभाव नहीं है? क्या सभी श्रमण किसी भी तरह की सम्पत्ति के बिना नहीं होते?"

"मेरे पास कुछ नहीं है," सिद्धार्थ ने कहा, "अगर यही आपका मतलब है। निश्चय ही मेरे पास कोई सम्पत्ति नहीं है, लेकिन केवल मेरी अपनी स्वतंत्र इच्छा के चलते। सो, मैं अभाव में नहीं हूँ।"

"लेकिन अगर तुम्हारे पास कुछ भी सम्पत्ति नहीं है तो तुम कैसे जियोगे?"

"मैंने इसके बारे में कभी नहीं सोचा, भन्ते! मैं लगभग तीन बरस से किसी भी सम्पत्ति के बिना हूँ और मैंने कभी नहीं सोचा कि मैं किस पर जियूँगा।"

"तो तुम दूसरों की सम्पत्ति पर जीते रहे हो?"

"प्रकट रूप से। व्यापारी भी तो दूसरों की सम्पत्ति पर जीता है।"

“सही कहा, लेकिन वह दूसरों से मुफ़्त में कुछ नहीं लेता, वह बदले में माल देता है।”

“संसार का यही चलन जान पड़ता है। हरेक लेता है, हरेक देता है। जीवन ऐसा ही है।”

“ओह, पर अगर तुम्हारे पास कुछ सम्पत्ति नहीं है तो तुम कैसे दे सकते हो?”

“हरेक वह देता है जो उसके पास होता है। सैनिक बल देता है, व्यापारी माल, गुरु शिक्षा, किसान चावल, मछुआरा मछली।”

“ठीक है और तुम क्या दे सकते हो? तुमने क्या सीखा है जो तुम दे सकते हो?”

“मैं सोच सकता हूँ, मैं प्रतीक्षा कर सकता हूँ, मैं उपवास रख सकता हूँ।”

“बस, इतना ही?”

“मेरे खयाल में तो इतना ही।”

“और ये किस काम के हैं? उदाहरण के लिए उपवास रखना, इसका क्या उपयोग है?”

“यह बहुत मूल्यवान है, भन्ते! अगर आदमी के पास खाने के लिए कुछ न हो तो उपवास से अधिक बुद्धिमानी का काम वह नहीं कर सकता। अगर, मिसाल के लिए, सिद्धार्थ ने यह न सीखा होता कि उपवास कैसे रखा जाए, तो उसे आज किसी-न-किसी तरह का काम खोजना ही पड़ता, या तो आपके यहाँ या कहीं और, क्योंकि भूख ने उसे मजबूर किया होता। लेकिन जैसा कि है, सिद्धार्थ शान्ति के साथ प्रतीक्षा कर सकता है। वह अधीर नहीं है, वह अभाव में नहीं है, वह भूख को लम्बे समय तक टाले रख सकता है और उस पर हँस सकता है। इसलिए उपवास उपयोगी है, भन्ते!”

“तुम ठीक कह रहे हो, श्रमण। पल भर रुको।”

कामस्वामी बाहर गया और एक कुंडली के साथ वापस आया जिसे उसने अपने अतिथि को थमाकर पूछा, “क्या तुम इसे पढ़ सकते हो?”

सिद्धार्थ ने गोल-गोल लपेटी हुई उस कुंडली पर नज़र डाली जिस पर बिक्री का एक अनुबंध लिखा हुआ था और उसने पढ़ना शुरू किया।

“बढ़िया,” कामस्वामी बोला, “और अब क्या तुम इस पत्र पर मुझे कुछ लिख कर दिखाओगे?”

उसने उसे एक पत्रक और लेखनी दी और सिद्धार्थ ने उस पर कुछ लिख

कर कामस्वामी की तरफ़ बढ़ा दिया।

कामस्वामी ने पढ़ा : ''लिखना अच्छा है, सोचना बेहतर है। चतुराई अच्छी है, धीरज बेहतर है।''

''तुम अच्छा लिखते हो,'' व्यापारी ने उसकी प्रशंसा की। ''हमारे पास चर्चा के लिए बहुत कुछ होगा, लेकिन आज मैं तुम्हें अपना अतिथि बनने और अपने घर में रहने का न्यौता देता हूँ।''

सिद्धार्थ ने उसे धन्यवाद देते हुए स्वीकार कर लिया। वह अब व्यापारी के घर में रहने लगा। कपड़े और जूते उसके लिए लाए गए और हर रोज़ एक सेवक उसके स्नान का प्रबन्ध करता। बढ़िया भोजन दिन में दो बार परोसा जाता, लेकिन सिद्धार्थ दिन में सिर्फ़ एक ही बार भोजन करता और न तो मांस खाता, न मदिरा ही पीता। कामस्वामी उससे अपने धन्धे की बात करता, उसे माल और भण्डार और खाते दिखाता। सिद्धार्थ ने बहुत-सी नई बातें सीखीं; वह बहुत कुछ सुनता और बहुत कम बोलता। और कमला के शब्दों को ध्यान में रखकर वह कभी व्यापारी के आगे दीन न बनता, बल्कि कामस्वामी को विवश करता कि वह उसके साथ बराबरी का व्यवहार करे, यहाँ तक कि बराबरी से भी कुछ अधिक का। कामस्वामी अपने व्यापार को सावधानी से और अक्सर उत्साह के साथ संचालित करता, लेकिन सिद्धार्थ उस सबको खेल-सरीखा समझता जिसके नियम वह अच्छी तरह सीखने का प्रयास करता, लेकिन जो उसके हृदय में हलचल न पैदा करते।

उसे कामस्वामी के घर में ज़्यादा समय नहीं हुआ था कि वह उसके स्वामी के व्यापार में हिस्सा भी बँटाने लगा। लेकिन हर रोज़ जिस समय कमला उसे आमन्त्रित करती, वह अच्छे वस्त्रों, बढ़िया जूतों में उस सुन्दरी से मिलने जाता और जल्दी ही वह उसके लिए उपहार भी लाने लगा। उसने उसके सूझ-बूझ भरे लाल होंटों से बहुत-सी बातें सीखीं। उसके चिकने कोमल हाथ ने उसे बहुत-सी बातें सिखाईं। उसे, जो अब भी प्रेम के मामले में महज़ एक किशोर था और उसकी गहराइयों में अंधेपन और अतिलोलुपता से छलाँग मारने को तत्पर रहता, कमला ने यह सिखाया कि सुख दिए बिना सुख नहीं पाया जा सकता और यह कि हर मुद्रा, हर दुलार, हर स्पर्श, हर चितवन, शरीर के हर अंग का अपना रहस्य होता है जो उन्हें आनन्द और सुख दे सकता है, जो समझने के योग्य होते हैं। कमला ने उसे सिखाया कि प्रेमियों को प्रणय-लीला के बाद एक-दूसरे की सराहना किए बिना, जीते जाने और जीतने के बिना, अलग नहीं होना चाहिए,

ताकि सन्तुष्टि या उदासी का कोई भाव न पैदा हो, न दुरुपयोग करने या दुरुपयोग किए जाने की भयावह भावना। सिद्धार्थ ने उस चतुर, सुन्दर गणिका के साथ अद्भुत घड़ियाँ बिताईं और वह उसका शिष्य, उसका प्रेमी, उसका मित्र बन गया। उसकी मौजूदा ज़िन्दगी का मूल्य और अर्थ यहाँ कमला के साहचर्य में था, कामस्वामी के व्यापार में नहीं।

उधर, व्यापारी ने ज़रूरी पत्र और आदेश लिखने का काम उसे सौंप दिया और सभी महत्त्वपूर्ण मामलों पर उससे सलाह-मशविरा करने का आदी हो गया। उसने जल्दी ही पाया कि सिद्धार्थ को चावल और ऊन की, माल भेजने और लेन-देन करने की बहुत कम समझ थी, लेकिन उसके काम करने का एक सुखद ढंग था और शान्ति और सन्तुलन में, सुनने की कला और अजनबी लोगों पर अच्छा असर छोड़ने में, वह व्यापारी को पीछे छोड़ जाता था। ''यह ब्राह्मण,'' कामस्वामी ने एक मित्र से कहा, ''असली व्यापारी नहीं है और कभी बन भी नहीं पाएगा; वह कभी व्यापार में लीन नहीं होता। लेकिन इसके पास उन लोगों का रहस्यमय गुण है जिनके पास सफलता आप-से-आप आती है, चाहे यह किसी शुभ ग्रह की छाया में जन्म लेने के कारण हो या जादू हो या फिर इसे उसने श्रमणों से सीखा हो। वह हमेशा व्यापार को खेल की तरह लेता जान पड़ता है, उस पर कभी व्यापार का अधिक प्रभाव नहीं पड़ता, व्यापार उस पर कभी हावी नहीं होता, उसे कभी विफलता का डर नहीं लगता, वह कभी किसी घाटे की चिन्ता नहीं करता।''

मित्र ने व्यापारी को सलाह दी : ''जो भी धन्धा वह तुम्हारे लिए करे, उसके लाभ का एक तिहाई हिस्सा उसे दो, लेकिन अगर घाटा हो तो उसे उसी अनुपात में वहाँ भी हिस्सा बँटाने दो। इस तरह वह और उत्साही बन जाएगा।''

कामस्वामी ने सलाह पर अमल किया, लेकिन सिद्धार्थ को इससे ज़्यादा सरोकार नहीं था। अगर उसे लाभ होता तो वह शान्ति से उसे स्वीकार कर लेता; अगर घाटा होता तो वह हँस देता और कहता, ''चलो, यह सौदा खराब निकला।''

सचमुच, वह व्यापार के प्रति उदासीन जान पड़ता। एक बार वह चावल की एक बड़ी फ़सल खरीदने के लिए एक गाँव गया। जब वह वहाँ पहुँचा तो चावल पहले ही किसी और व्यापारी को बेचा जा चुका था। लेकिन सिद्धार्थ कई दिनों तक उस गाँव में बना रहा, उसने किसानों का मनोरंजन किया, बच्चों को पैसे दिए, एक विवाह में शामिल हुआ और यात्रा से पूरी तरह सन्तुष्ट लौटा। कामस्वामी ने उसे फ़ौरन वापस न आने के लिए, समय और पैसे बहाने के लिए

झिड़का तो सिद्धार्थ ने जवाब दिया, ''डाँटो मत, मेरे प्यारे मित्र। डाँटने से कभी कुछ हासिल नहीं हुआ है। अगर घाटा हुआ है तो मैं उसे वहन करूँगा। मैं इस यात्रा से बहुत सन्तुष्ट हूँ। बहुत-से लोगों से मेरा परिचय हुआ, मैंने एक ब्राह्मण की मित्रता अर्जित की, बच्चे मेरी गोद में बैठे, किसानों ने मुझे अपने खेत दिखाए। किसी ने मुझे व्यापारी नहीं समझा।''

''यह सब तो ठीक है,'' कामस्वामी ने हिचकिचाते हुए स्वीकार किया, ''लेकिन तुम दरअसल एक व्यापारी हो। या फिर क्या तुम सिर्फ़ अपनी मौज और मज़े के लिए यात्रा कर रहे थे?''

''निश्चय ही मैंने अपने आनंद के लिए यात्रा की,'' सिद्धार्थ हँसा। ''क्यों न करूँ? मैं लोगों से, नई जगहों से, परिचित हुआ। मुझे दोस्ती और विश्वास मिला। अब अगर मैं कामस्वामी होता तो जब मैंने देखा कि मैं सौदा खरीद नहीं पाया हूँ, मुझे बहुत खीझते हुए फ़ौरन वहाँ से चल देना चाहिए था और तब समय और पैसा सचमुच गँवा दिया गया होता। लेकिन मैंने कई अच्छे दिन गुज़ारे, काफ़ी सीखा, बहुत आनन्द पाया और खीझ या जल्दबाज़ी से न खुद को तकलीफ़ पहुँचाई, न दूसरों को। अगर मैं फिर कभी वहाँ जाऊँ, शायद बाद की फ़सल खरीदने या किसी और उद्देश्य से तो मित्रता से भरे लोग मेरा स्वागत करेंगे और मुझे खुशी होगी कि मैंने पिछली बार जल्दबाज़ी और नाखुशी नहीं प्रकट की थी। बहरहाल मित्र, इस सबको छोड़ो और डाँट-फटकार से अपने को कष्ट मत दो। अगर वह दिन आए जब तुम्हें लगे कि सिद्धार्थ मुझे नुकसान पहुँचा रहा है तो बस एक शब्द बोलो और सिद्धार्थ अपना रास्ता लेगा, लेकिन तब तक हमें अच्छे दोस्त बने रहना चाहिए।''

सिद्धार्थ को इस बात पर कायल करने के लिए भी व्यापारी के प्रयत्न विफल रहे कि वह—सिद्धार्थ—उसकी—कामस्वामी की—रोटी खा रहा है। सिद्धार्थ अपनी रोटी खाता था; इसके अलावा, वे सब दूसरों की रोटी खाते थे, सबकी रोटी। सिद्धार्थ को कभी कामस्वामी की परेशानियों की चिन्ता न होती और कामस्वामी की बहुत-सी परेशानियाँ थीं। अगर किसी सौदे के नाकाम होने की आशंका होती, अगर माल की कोई खेप गुम हो जाती, अगर कोई देनदार पैसा चुकाने में असमर्थ जान पड़ता, कामस्वामी कभी अपने सहयोगी को राज़ी न कर पाता कि परेशान और नाराज़ शब्द कहने-सुनने, माथे पर त्योरियाँ डालने और नींद में करवटें बदलने से कोई लाभ होगा। जब एक बार कामस्वामी ने उसे याद दिलाया कि उसने सब कुछ कामस्वामी ही से सीखा था, सिद्धार्थ ने जवाब दिया, ''ऐसी ठिठोली

मत करो। मैंने तुमसे यह सीखा है कि मछली के एक टोकरे की कीमत क्या है और पैसा उधार देने पर कितना ब्याज लिया जा सकता है। यह तुम्हारा ज्ञान है। लेकिन मैंने सोचना तुमसे नहीं सीखा है, प्यारे कामस्वामी। अच्छा होगा अगर वह तुम मुझसे सीख लो।''

उसका मन सचमुच व्यापार में नहीं था। व्यापार का उसके तईं बस इतना उपयोग था कि कमला के लिए उसे पैसे हासिल करा सके और उससे सिद्धार्थ को जितने की ज़रूरत थी, उससे अधिक मिलते। इसके अलावा, सिद्धार्थ की सहानुभूति और उत्सुकता सिर्फ़ लोगों में थी, जिनके काम, परेशानियाँ, सुख और मूर्खताएँ उसके लिए चन्द्रमा से भी अधिक अजानी और दूर थीं। हालाँकि उसे हरेक से बात करना, हरेक के साथ जीना, हर किसी से सीखना इतना आसान लगता था, वह इस बात के प्रति बहुत सचेत था कि कुछ था जो उसे उनसे अलग करता था—और इसके पीछे यह कारण था कि वह एक श्रमण रहा था। वह लोगों को बचकाने या पशुओं-सरीखे रूप में जीते देखता जिससे वह दोनों, प्यार और नफ़रत करता। वह उन्हें मेहनत करते देखता, तकलीफ़ पाते और ऐसी चीज़ों को लेकर राख की तरह धूसर होते देखता जो उसे इस काबिल नहीं लगती थीं कि उनकी यह कीमत चुकाई जाए। वह उन्हें एक-दूसरे को डाँटते-फटकारते और चोट पहुँचाते देखता; वह उन्हें ऐसी पीड़ा पर दुख मनाते देखता जिस पर एक श्रमण हँस देता है और ऐसे अभावों पर कष्ट पाते देखता जिन्हें श्रमण महसूस ही नहीं करता।

वह उस सबको स्वीकार कर लेता जो लोग उसके पास लाते। उस व्यापारी का स्वागत था जो उसके पास बेचने के लिए कपड़ा लाता; उस देनदार का स्वागत होता जो उससे कर्ज़ माँगने आता; उस भिखारी का स्वागत होता जो एक घंटा बैठकर उसे अपनी गरीबी की कथा सुनाता और जो तब भी उतना गरीब नहीं था जितना कोई श्रमण। वह परदेसी व्यापारी से वैसा ही व्यवहार करता जैसा उस सेवक से जो उसकी दाढ़ी मूँडता और उन फेरीवालों से जिनसे वह केले खरीदता और खुद को रेज़गारी का चूना लगते देखता। अगर कामस्वामी उसके पास आकर अपनी परेशानियाँ बताता या किसी सौदे के बारे में उलाहने देता तो वह उत्सुकता और ध्यान से सुनता, उस पर चकित होता, उसे समझने की कोशिश करता, जहाँ उसे ज़रूरी लगता वहाँ थोड़ी-बहुत उसकी बात मान लेता और उस अगले व्यक्ति की तरफ़ मुड़ जाता जिसे उसकी ज़रूरत होती। और बहुत-से लोग उसके पास आते—बहुत-से उसके साथ लेन-देन करने के लिए, बहुत-से उसे धोखा देने के

लिए, बहुत-से उसे सुनने के लिए, बहुत-से उसकी सहानुभूति जगाने के लिए, बहुत-से उसकी सलाह लेने के लिए। वह सलाह देता, सहानुभूति व्यक्त करता, उपहार देता, थोड़ा-बहुत धोखा देने देता और वह इस सारे खेल में और उस जोश में जिससे लोग इसे खेलते हैं, अपने खयालों को उतना ही लगाए रखता जितना पहले उसने अपने खयालों को देवताओं और ब्रह्म में लगाया हुआ था।

कभी-कभार वह अपने अन्दर एक नरम, मुलायम आवाज़ सुनता जो उसे खामोशी से याद कराती, खामोशी से शिकायत करती, जिससे वह उसे मुश्किल से सुन पाता। तब वह अचानक साफ़-साफ़ देखता कि वह एक अजीब ज़िन्दगी जी रहा था, कि वह बहुत कुछ ऐसा कर रहा था जो महज़ खेल था कि वह काफ़ी उत्फुल्ल था और कभी-कभी सुख का अनुभव करता, लेकिन असली ज़िन्दगी उसके पास से बही जा रही थी और उसे छूती नहीं थी। किसी खिलाड़ी की तरह जो अपनी गेंद से खेलता है, वह अपने व्यापार से, अपने इर्द-गिर्द के लोगों से खेलता था, उन्हें देखता था, उनसे मनोरंजन प्राप्त करता था; लेकिन अपने हृदय से, अपने असली स्वभाव से वह वहाँ नहीं था। उसका असली स्व कहीं और भटकता था, कहीं दूर, अदृश्य रूप से आगे और आगे भटकता था और उसकी ज़िन्दगी से कोई सम्बन्ध नहीं रखता था।

कभी-कभी वह इन खयालों से डर जाता था और चाहता कि वह भी उनके रोज़मर्रा के बचकाने मामलों में उत्कटता से हिस्सा ले पाता, सचमुच उनमें हिस्सा लेने के लिए केवल एक दर्शक की तरह मौजूद रहने की बजाय उनकी ज़िन्दगियाँ जीने और उनमें रमने के लिए।

वह नियमित रूप से उस सुन्दरी कमला से मिलने जाता, प्रेम की कला सीखता जिसमें हर चीज़ से ज़्यादा, देना और लेना एक हो जाता। वह उससे बात करता, उससे सीखता, उसे सलाह देता, सलाह लेता। वह उसे जितना गोविन्द ने कभी समझा था, उससे ज़्यादा समझती थी। वह उसकी तरह ही थी।

एक बार सिद्धार्थ ने उससे कहा, ''तुम मेरी तरह हो; तुम दूसरे लोगों से अलग हो। तुम कमला हो, और कोई दूसरी नहीं और तुम्हारे अन्दर एक शान्ति और शरण्य है जहाँ तुम किसी भी समय वापस जा सकती हो और अपने असली स्वरूप में रह सकती हो, जैसे मैं भी रह सकता हूँ। बहुत कम लोगों के पास यह क्षमता होती है, हालाँकि हर किसी के पास यह हो सकती है।

''सभी लोग चतुर नहीं होते,'' कमला बोली।

''इसका उससे कुछ लेना-देना नहीं है, कमला,'' सिद्धार्थ ने कहा। ''कामस्वामी

उतना ही चतुर है जितना मैं और इस पर भी उसके पास कोई शरण्य नहीं है। दूसरों के पास है जो समझदारी में महज़ बच्चे हैं। अधिकतर लोग, कमला, एक गिरते हुए पत्ते की तरह हैं जो हवा में बहता और नाचता है, फड़फड़ाता है और ज़मीन पर गिर पड़ता है। लेकिन कुछ और लोग सितारों की तरह होते हैं जो एक निश्चित पथ पर यात्रा करते हैं; कोई हवा उन तक नहीं पहुँचती, उनके अपने भीतर उनका मार्गदर्शक और मार्ग होता है। सभी ज्ञानी लोगों में जिनमें से मैं बहुतों को जानता था, एक थे जो इस लिहाज़ से बेजोड़ थे। मैं उन्हें कभी नहीं भूल सकता। वे तथागत गौतम हैं, जो इस सत्य का उपदेश देते हैं। हज़ारों युवक हर रोज़ उनका प्रवचन सुनते हैं और हर घड़ी उनके निर्देशों का पालन करते हैं, लेकिन वे सब गिरते पत्ते हैं; उनके अपने अन्तर में वह ज्ञान और मार्गदर्शक नहीं है।''

कमला ने उसकी ओर देखा और मुस्कराई। ''तुम फिर उनके बारे में बात कर रहे हो,'' उसने कहा। ''एक बार फिर तुम्हें श्रमणों वाले विचार आ रहे हैं।''

सिद्धार्थ खामोश रहा और उन्होंने प्रेम का खेल खेला, उन तीस या चालीस अलग-अलग खेलों में से एक, जिन्हें कमला जानती थी। उसकी देह किसी तेंदुए और शिकारी के धनुष की तरह लचीली थी; जो भी उससे प्रेम के बारे में सीखता, बहुत-से आनन्द, बहुत-से भेद सीखता। वह बहुत देर तक सिद्धार्थ के साथ खेलती रही, उसे ठुकराती रही, उस पर हावी होती रही, उसने उसे जीता, अपनी निपुणता का हर्ष मनाया जब तक कि वह अभिभूत होकर उसकी बगल में श्लथ लेट नहीं गया।

गणिका उसके ऊपर झुकी और देर तक उसके चेहरे को देखती रही—उसकी आँखों में, जो थक गई थीं।

''तुम सबसे अच्छे प्रेमी हो जो मेरे हिस्से में आए हो,'' उसने विचारों में डूबकर कहा। ''तुम औरों से ज़्यादा शक्तिशाली, अधिक लचीले, अधिक आतुर हो। तुमने बहुत कुशलता से मेरी कला सीखी है, सिद्धार्थ! किसी दिन, जब मैं और बड़ी हो जाऊँगी, मैं तुम्हारे बच्चे की माँ बनूँगी और इस पर भी, प्यारे, तुम एक श्रमण ही बने रहे हो। तुम सच में मुझसे प्रेम नहीं करते—तुम किसी से प्रेम नहीं करते। क्या यह सच नहीं है?''

''हो सकता है,'' सिद्धार्थ ने थके अन्दाज़ में कहा। ''मैं तुम्हारी तरह हूँ। तुम भी प्रेम नहीं कर सकतीं, वरना तुम कला की तरह प्रेम का अभ्यास कैसे करतीं? शायद हमारे जैसे लोग प्रेम नहीं कर सकते। आम लोग कर सकते हैं—यही उनका रहस्य है।''

संसार

एक लम्बे समय तक संसार का हुए बिना सिद्धार्थ सांसारिक जीवन जीता रहा था। उसकी इन्द्रियाँ जिन्हें उसने श्रमण के रूप में निष्ठा से बिताए गए वर्षों के दौरान सुन्न कर दिया था एक बार फिर जाग उठीं। उसने धन-सम्पत्ति, आवेगों और शक्ति का स्वाद चखा था, लेकिन एक लंबे समय तक वह अपने हृदय में श्रमण ही बना रहा। चतुर कमला ने इसे भाँप लिया था। सिद्धार्थ का जीवन हमेशा ही सोचने, प्रतीक्षा करने और उपवास रखने से परिचालित होता था। संसारी जन, आम लोग अब भी उसके लिए पराये थे, अजनबी थे, ठीक वैसे ही जैसे वह उनसे अलग था।

वर्ष गुज़रते चले गए। सुख-सुविधा की परिस्थितियों से घिरे सिद्धार्थ ने शायद ही उनके गुज़रने पर ध्यान दिया। वह धनी बन गया था। लम्बे समय तक उसका अपना मकान था, अपने खुद के नौकर थे और नगर के बाहरी हिस्से में नदी के किनारे एक बागीचा था। लोग उसे पसंद करते थे और अगर उन्हें पैसे या सलाह चाहिए होती तो वे उसके पास आते। लेकिन कमला के अलावा उसका कोई निकट का मित्र नहीं था।

वह दिव्य, महिमामंडित जागृति जिसका अनुभव उसे कभी हुआ था, गौतम के प्रवचनों के बाद के दिनों में गोविन्द से अलग होने के बाद गुरुओं और सिद्धान्तों के बिना अकेले खड़े होने का वह गर्व, अपने ही हृदय के भीतर दिव्य वाणी को सुनने की वह उत्सुक तत्परता, धीरे-धीरे एक स्मृति बन गई थी, बीत गई थी। वह दैवी स्रोत जो कभी निकट था और जो किसी समय ऊँचे स्वर में उसके अन्दर गाता था अब दूर कहीं मद्धम सुर में गुनगुन करता रहता था। लेकिन बहुत-सी बातें, जो उसने श्रमणों से सीखी थीं, जो उसने गौतम से, अपने पिता से, ब्राह्मणों से सीखी थीं, उसने अब भी लम्बे समय तक सँजोये रखीं : मर्यादित, संयत जीवन, सोचने का आनन्द, घंटों तक मनन, स्व की, शाश्वत आत्म की—जो न शरीर

था न चेतना—रहस्यमय जानकारी। इनमें से बहुत कुछ उसने अपने पास सुरक्षित कर रखा था; दूसरी बातें डूब गई थीं और धूल-मिट्टी से ढँक गई थीं। ठीक जैसे कुम्हार का चाक एक बार घुमाए जाने पर पहले तो लम्बे समय तक घूमता चला जाता है और फिर बहुत धीरे-धीरे घूमता हुआ रुक जाता है, इसी तरह सिद्धार्थ की आत्मा में तपस्वी का चाक, विचारों का चाक, विवेक का चाक लम्बे समय तक घूमता रहा; वह अब भी घूम रहा था, मगर धीरे-धीरे और रुक-रुककर और वह लगभग थम-सा चला था। धीरे-धीरे पेड़ के मरते हुए तने में दाखिल होती और धीरे-धीरे उसमें भरकर उसे सड़ाती हुई नमी की तरह, संसार और निष्क्रियता सिद्धार्थ की आत्मा में रेंगती चली आई; उसने धीरे-धीरे उसकी आत्मा में पैठकर उसे भारी बना दिया, थका दिया, सुला दिया। लेकिन दूसरी तरफ़ उसकी इन्द्रियाँ और भी जागृत हो गईं, उन्होंने बहुत कुछ जाना, बहुत कुछ अनुभव किया।

सिद्धार्थ ने यह सीख लिया था कि व्यापार कैसे किया जाए, लोगों पर ताकत का इस्तेमाल कैसे किया जाए, स्त्रियों से अपना मनोरंजन कैसे किया जाए; उसने अच्छे कपड़े पहनना, सेवकों को आदेश देना, सुगन्धित जल में स्नान करना सीख लिया था। उसने मिठाइयाँ और सावधानी से पकाया गया भोजन करना, मछली और मांस खाना, मसाले और पकवान चखना और मदिरा पीना सीख लिया था, जो उसे आलसी और भुलक्कड़ बना देती। उसने चौपड़ और शतरंज खेलना, नर्तकों और नर्तकियों को देखना, पालकियों की सवारी करना, नरम बिस्तर पर सोना सीख लिया था। लेकिन उसने खुद को हमेशा दूसरों से अलग और ऊँचा महसूस किया था, उसने हमेशा उन्हें थोड़ी उपेक्षा से, उपहास-भरी अवज्ञा से देखा था, उस अवज्ञा से जो श्रमण हमेशा सांसारिक जनों के प्रति अनुभव करता है। अगर कामस्वामी परेशान होता, अगर वह महसूस करता कि उसका अपमान हुआ है या अगर वह व्यापार सम्बन्धी मामलों से उद्विग्न होता तो सिद्धार्थ ने हमेशा उसे उपहास-भरी दृष्टि से देखा था। लेकिन धीरे-धीरे और अजाने रूप से, समय के बीतने के साथ-साथ, उसका उपहास और उच्चता का भाव कम होता चला गया। धीरे-धीरे अपनी बढ़ती हुई सम्पत्ति के साथ सिद्धार्थ ने खुद आम लोगों की कुछ विशेषताएँ अपना लीं, थोड़ा-सा उनका बचकानापन और थोड़ी-सी उनकी चिन्ता। और इस पर भी उसे उनसे ईर्ष्या होती; जितना अधिक वह उन जैसा बनता, उतनी अधिक वह उनसे ईर्ष्या करता। वह उस एक चीज़ को लेकर उनसे ईर्ष्या करता जिसका उसके पास अभाव था और जो उनके पास थी : महत्त्व की वह भावना जिससे उन्होंने जीवन जिया था; उनके सुखों और दुखों की गहराई, प्यार करने की उनकी निरन्तर शक्ति का मधुर आह्लाद। ये लोग हमेशा खुद से, अपने

बच्चों से, इज़्ज़त या धन से, योजनाओं या आशा से प्रेम करते। लेकिन यह सब उसने उनसे नहीं सीखा—ये बच्चों-सरीखे सुख और मूर्खताएँ। उसने उनसे सिर्फ़ दुखद बातें ही सीखीं जिनसे उसे नफ़रत थी। अक्सरहा ऐसा होने लगा था कि मौज-मस्ती वाली एक शाम के बाद अगली सुबह वह देर तक बिस्तर में लेटा रहता और उन्मन और थका-थका महसूस करता। जब कामस्वामी अपनी चिन्ताओं से उसे ऊबाता तो वह खीझ और अधीरता से भर उठता। पाँसों के खेल में हारने पर वह कुछ ज़्यादा ज़ोर से हँस देता। उसका चेहरा अब भी और लोगों की तुलना में ज़्यादा होशियार और बुद्धि-सम्पन्न था, लेकिन वह बिरले ही हँसता और धीरे-धीरे उसके चेहरे पर वही भाव विद्यमान रहने लगे जो अक्सर ही अमीर लोगों के चेहरों पर नज़र आते हैं—असन्तोष के, रुग्णता के, अप्रसन्नता के, निठल्लेपन के, प्रेमविहीनता के भाव। धीरे-धीरे अमीर लोगों की आत्मिक रुग्णता उस पर हावी होती चली गई।

किसी नकाब की तरह, झीनी धुंध की तरह एक थकान सिद्धार्थ पर उतर आई, धीरे-धीरे हर रोज़ थोड़ी और घनी, हर महीने थोड़ी और अँधेरी, हर बरस थोड़ी और भारी। जैसे नया परिधान समय के साथ पुराना पड़ता है, अपना उजला चमकीला रंग खो बैठता है, धब्बों और सिलवटों से भर जाता है, उसकी कोर छीज जाती है और यहाँ-वहाँ कपड़ा घिसकर झीना हो जाता है, वैसे ही सिद्धार्थ का नया जीवन जिसे उसने गोविन्द से अलग होने पर शुरू किया था, पुराना पड़ चला था। उसी तरह बरसों के बीतने के साथ-साथ वह अपना रंग और चमक खो बैठा था; सिलवटें और दाग इकट्ठा हो गए थे और गहराइयों में छिपी हुई, यहाँ-वहाँ अभी से प्रकट होती हुई, मोह-मुक्ति और जुगुप्सा प्रतीक्षा करती रहती थी। सिद्धार्थ ने इस पर ध्यान न दिया था। उसे बस इतना आभास होता था कि अन्दर की वह खिली हुई और साफ़ आवाज़, जो कभी उसके अन्दर जागी थी और उसकी सबसे अच्छी घड़ियों में उसका मार्गदर्शन करती थी, खामोश हो गई थी।

संसार ने उसे जकड़ लिया था; सुख, लोभ-लालच, निठल्लापन और अन्ततः वह अवगुण भी जिसका उसने सबसे अधिक मूर्खतापूर्ण मानकर तिरस्कार और घृणा की थी—संग्रह की प्रवृत्ति, लिप्सा। धन-सम्पत्ति और दौलत ने भी उसे आखिरकार फाँस लिया था। ये सब अब खेल और खिलौने नहीं रह गए थे; वे एक ज़ंजीर और बोझ बन गए थे। सिद्धार्थ इस अन्तिम—और सर्वाधिक पतनशीलता के अजीब और कुटिल—मार्ग पर पाँसों के खेल के माध्यम से भटकता रहता। उस समय से, जब से उसने अपने हृदय में श्रमण बनना छोड़ दिया था, सिद्धार्थ

बढ़ते हुए जोश के साथ पैसों और रत्नों के लिए पाँसों का खेल खेलने लगा था, वही खेल जिसे आम लोगों की परम्परा समझकर पहले वह मुस्कराते हुए और आनन्द लेने के लिए खेला करता था। वह एक ज़बरदस्त खिलाड़ी था; बहुत कम उसके साथ खेलने का साहस कर पाते थे, क्योंकि उसके दाँव इतने ऊँचे और अन्धाधुन्ध होते थे। वह खेल को किसी दिली ज़रूरत के तहत खेलता था। वह घटिया पैसे को जुए में बरबाद करने और उड़ाने में एक उत्कट आनन्द प्राप्त करता। किसी और तरीके से वह व्यापारियों के झूठे देवता—धन-वैभव—के प्रति अपनी उपेक्षा इतने साफ़ और उपहास-भरे ढंग से नहीं दिखा सकता था। सो, वह ऊँचे और बेरोक-टोक दाँव लगाता, खुद से नफ़रत करता हुआ, खुद अपना उपहास करता हुआ। उसने हज़ारों जीते, हज़ारों उड़ा दिए, पैसे गँवाए, गहने और रत्न गँवाये, गाँव का एक मकान गँवाया, फिर जीता, फिर गँवाया। उसे वह उद्वेग पसन्द था, वह भयावह और उत्पीड़क उद्वेग जिसे वह पाँसों के खेल के दौरान अनुभव करता, ऊँचे दाँवों की रोमांच-भरी अनिश्चयता में। उसे यह भावना पसन्द थी और वह लगातार उसे फिर से ताज़ा करने, उसे बढ़ाने, उसे उकसाने की तलाश में रहता, क्योंकि इसी भावना में वह किसी कदर सुख, किसी तरह की उत्तेजना, अपनी तुष्ट, मन्द, फीकी ज़िन्दगी के बीच कुछ आवेग-भरी जीवन्तता महसूस करता। और हर बड़े नुकसान के बाद वह नयी दौलत हासिल करने में जुट जाता, आतुरता से व्यापार करता और अपने कर्ज़दारों पर उधार चुकता करने के लिए दबाव डालता, क्योंकि वह फिर से खेलना चाहता, वह फिर से लुटाना चाहता, वह फिर से दौलत के प्रति अपना तिरस्कार प्रदर्शित करना चाहता। सिद्धार्थ हानियों पर अधीर होने लगा, धीमा भुगतान करने वाले देनदारों के साथ वह धीरज खो बैठता, अब वह भिखारियों के प्रति दया न दिखाता, अब उसे गरीबों को उपहार और उधार देने की इच्छा न महसूस होती। वह जो एक बार पाँसे फेंकने पर दस हज़ार का दाँव लगा कर हँस देता था, व्यापार में और भी कठोर और कमीना हो गया और कभी-कभी रात को पैसे के सपने देखता। और जब भी वह इस घृणित दौर से जागकर होश में आता, जब वह अपने शयन-कक्ष की दीवार पर लगे शीशे में अपने चेहरे का प्रतिबिंब देखता—पहले से अधिक उमरदार और बदसूरत—जब भी शर्म और जी मिचलाने की भावना उसे घेर लेती, वह फिर भाग खड़ा होता, जुए के एक नये खेल की शरण लेता, भ्रमित होकर आवेग की ओर, मदिरा की ओर भागता और वहाँ से फिर वापस दौलत को हथियाने और जमा करने की लालसा की ओर। उसने खुद को इस अर्थहीन दुष्चक्र में थका दिया, बूढ़ा और बीमार हो गया।

फिर एक सपने ने उसे याद दिला दिया। शाम को वह कमला के पास था, उसके आनन्द-कुंज में। वे एक पेड़ के नीचे बैठे बतिया रहे थे। कमला गम्भीरता से बातें कर रही थी और उसके शब्दों के पीछे दुख और थकान छिपी थी। उसने सिद्धार्थ से गौतम के बारे में बताने को कहा था और जितना वह उनके बारे में सुनती, उतना ही उसे कम जान पड़ता। कितनी स्वच्छ थीं उनकी आँखें, कितना शान्त और सुन्दर था उनका मुख, कितनी करुणामयी थी उनकी मुस्कान, कितना उद्वेगरहित था उनका आचरण और व्यवहार। एक लम्बे समय तक उसे कमला को तथागत बुद्ध के बारे में बताना पड़ा और कमला ने लम्बी साँस लेकर कहा था : ''एक दिन, शायद जल्दी ही, मैं भी बुद्ध की अनुयायी बन जाऊँगी। मैं उन्हें अपनी आनन्दवाटिका दे दूँगी और उनके उपदेशों की शरण लूँगी।'' लेकिन फिर उसने सिद्धार्थ को लुभा लिया और प्रणय लीला के दौरान उसे अपने से इतना कसकर और सजल आँखें लिये तीव्र भावावेश में जकड़ा मानो वह इस अस्थिर, क्षणभंगुर आनन्द की आखिरी मधुर बूँद निचोड़ लेना चाहती हो। पहले कभी सिद्धार्थ के सामने इतनी विचित्रता से यह स्पष्ट नहीं हुआ था कि मृत्यु से कामुकता का कितना निकट सम्बन्ध था। फिर वह कमला की बगल में लेट गया और कमला का चेहरा उसके नज़दीक था और उसकी आँखों के नीचे और मुँह के सिरों पर, पहली बार उसने एक दुखद निशानी साफ़-साफ़ देखी—बारीक रेखाएँ और झुर्रियाँ, वे चिह्न जो पतझड़ और बुढ़ापे का स्मरण कराते थे। सिद्धार्थ ने खुद, जो अभी सिर्फ़ चालीस के पेटे में था, अपने काले बालों में यहाँ-वहाँ सफ़ेद तार देखे थे। कमला के सुन्दर चेहरे पर थकान अंकित थी—एक ऐसे पथ का अनुसरण करने वाली थकान जिसका आनन्दप्रद लक्ष्य नहीं होता—थकान और बुढ़ापे की शुरुआत और छिपी हुई और अभी तक अचर्चित, शायद अभी तक एक सचेत भय न बन पाई—जीवन के पतझड़ की आशंका, बुढ़ापे की आशंका, मृत्यु की आशंका। आह भरते हुए सिद्धार्थ ने कमला से विदा ली, उसका हृदय दुख और छिपे हुए भय से भरा हुआ और भारी था।

फिर सिद्धार्थ ने रात अपने घर पर नर्तकियों और मदिरा के साथ बिताई थी और अपने साथियों की तुलना में बेहतर होने का दिखावा किया था, जो कि अब वह नहीं रह गया था। उसने काफ़ी मदिरा पी थी और देर आधी रात के बाद सोने गया था, थका हुआ मगर बेचैन, लगभग रुआँसा और हताश। उसका हृदय वेदना से इस तरह भरा हुआ था कि उसे महसूस हो रहा था कि वह अब उसे सह न सकेगा। उसके जी में मिचलाहट भरी हुई थी जो किसी अरुचिकर मदिरा की तरह उस पर हावी हो गई थी या नर्तकियों की ज़रूरत से ज़्यादा मीठी

मुस्कानों की तरह या उनके बालों और छातियों पर चुपड़े बहुत ज़्यादा मीठे इत्र की तरह। लेकिन सबसे अधिक वह खुद अपने आप पर मिचलाहट से भरा हुआ था, अपने सुगंधित केशों से, अपने मुँह से आती मदिरा की गंध से, अपनी त्वचा के नरम पिलपिलेपन से। जिस तरह कोई आदमी, जिसने बहुत ज़्यादा खा-पी लिया हो, तकलीफ़-भरी उल्टी करे और फिर बेहतर महसूस करे, उसी तरह वह बेचैन आदमी एक ज़बरदस्त झटके से खुद को इस भोग-विलास से, इन आदतों से, इस बिलकुल अर्थहीन ज़िन्दगी से छुड़ा देना चाहता था। सिर्फ़ भोर के समय और नगर में अपने मकान के बाहर हलचल के पहले-पहले चिह्नों के प्रकट होने पर वह सो पाया और उसे अर्द्ध-विस्मृति के कुछ पल, नींद की संभावना नसीब हो पाई। इस छोटी-सी अवधि में उसे एक सपना आया।

कमला ने एक छोटे-से सुनहरे पिंजरे में एक नन्ही-सी, दुर्लभ, गानेवाली चिड़िया पाली हुई थी। उसने वह सपना इस चिड़िया के बारे में देखा। यह चिड़िया जो आम तौर पर सुबह के समय गाती थी, गूँगी हो गई और इससे चकित होकर वह पिंजरे तक गया और उसने अन्दर झाँका। वह नन्ही-सी चिड़िया मर गई थी और फ़र्श पर अकड़ी पड़ी थी। उसने उसे बाहर निकाला, पल-भर अपने हाथों में पकड़े रखा और फिर रास्ते में फेंक दिया और ठीक उसी पल वह आतंकित हो उठा और उसके हृदय में ऐसी पीड़ा उठी मानो इस मरी हुई चिड़िया के साथ उसने वह सब भी फेंक दिया था जो उसके अन्दर अच्छा और मूल्यवान था।

इस सपने से जागने पर सिद्धार्थ पर भारी उदासी और अवसाद की भावना छा गई। उसे लगा कि उसने अपनी ज़िन्दगी बेकार और बेमतलब ढंग से बिताई थी; उसके पास कुछ भी जीवनदायी नहीं, ऐसा कुछ भी नहीं जो किसी भी तरह मूल्यवान या सार्थक हो। वह अकेला खड़ा था, जहाज़ के ध्वस्त हो जाने पर समुद्र के किनारे खड़े आदमी की तरह।

उदासी की इसी भावना से घिरा सिद्धार्थ अपनी एक आनन्द वाटिका में गया, फाटक बंद किए और आम के एक पेड़ के नीचे बैठकर उसने हृदय में भय और मृत्यु का उजाड़ देखा। धीरे-धीरे उसने अपने विचारों को संयत किया और मन-ही-मन अपनी समूची ज़िन्दगी का जायज़ा लिया, उन सबसे पहले दिनों से शुरू करके जो उसे याद थे। कौन-सा वह समय था जब वह सचमुच खुश और सुखी रहा था? उसे सच्चे आनन्द की अनुभूति कब हुई थी? खैर, यह अनुभव तो उसे कई बार हुआ था। इसका मज़ा तो उसने अपने लड़कपन के दिनों में लिया था, जब उसने ब्राह्मणों की प्रशंसा अर्जित की थी, जब उसने अपने साथियों को बहुत पीछे छोड़ दिया था, जब उसने ज्ञानियों के साथ वाद-विवाद में पवित्र

श्लोकों और मन्त्रों का पाठ किया था, जब वह यज्ञों और हवन-पूजन में सहायक की भूमिका निभाता था। तब उसे अपने हृदय में महसूस हुआ : 'एक पथ तुम्हारे सामने बिछा हुआ है जिस पर चलने का आह्वान तुमसे किया गया है। देवता तुम्हारी प्रतीक्षा कर रहे हैं।' और फिर एक युवक के रूप में जब उसके निरन्तर उड़ान भरते लक्ष्य ने उसे खोज में जुटे अपने जैसे अन्य लोगों की भीड़ में से आगे बढ़ने के लिए प्रेरित किया था, जब उसने ब्राह्मणों की शिक्षा और सिद्धान्तों की समझने का कठिन प्रयास किया था, जब हर नई अर्जित जानकारी महज़ एक नई प्यास को जन्म देती, तब फिर से, इस प्यास के बीच, इन प्रयासों के मध्य में, उसने सोचा था : 'आगे बढ़ो, बढ़ते रहो, यही तुम्हारा पथ है।' उसने जब अपना घर त्याग कर श्रमणों का जीवन चुना था और फिर जब वह श्रमणों को छोड़कर तथागत के पास गया था और उस समय भी जब वह बुद्ध से विदा लेकर अज्ञात की ओर बढ़ा था, उसने बार-बार यही आवाज़ सुनी थी। कितना समय बीत गया था अब तक जब से उसने यह आवाज़ नहीं सुनी थी, जब से उसने किसी ऊँचाई पर तरारे नहीं भरे थे? कितना सपाट और वीरान रहा था उसका पथ! जाने कितने लम्बे-लम्बे वर्ष उसने बिना किसी उन्नत लक्ष्य के, बिना किसी प्यास के, बिना किसी उत्कर्ष के बिता दिए थे, छोटे-छोटे सुखों से सन्तुष्ट तिस पर भी कभी सचमुच तृप्त हुए बिना! बिना जाने उसने इन सारे वर्षों के दौरान कोशिश की थी और चाहा था कि वह इन सभी दूसरे लोगों जैसा बने, इन बच्चों की तरह और इस पर भी उसका जीवन उनकी तुलना में कहीं अधिक तुच्छ और अधिक दरिद्र रहा था, क्योंकि उनके लक्ष्य उसके लक्ष्य नहीं थे, न उनके दुख ही उसके थे। कामस्वामी जैसे लोगों की पूरी दुनिया उसके लिए महज़ एक खेल रही थी, एक नृत्य, एक प्रहसन जिसे लोग देखने जाते हैं। सिर्फ़ कमला उसे प्रिय थी—उसके लिए मूल्यवान रही थी—लेकिन क्या अब भी थी? क्या उसे अब भी कमला की ज़रूरत थी—और क्या कमला को भी अभी तक उसकी ज़रूरत थी? क्या वे कोई ऐसा खेल नहीं खेल रहे थे जिसका कोई अन्त नहीं था? क्या उस खेल के लिए जीना ज़रूरी था? नहीं! इस खेल को, इस क्रीड़ा को, संसार कहते थे, बच्चों का खेल, ऐसा खेल जो शायद एक, दो या दस बार खेले जाने पर आनन्दप्रद था—लेकिन क्या उसे निरन्तर खेलना सार्थक था?

तभी सिद्धार्थ को यह बोध हुआ कि खेल खत्म हो चुका था, कि वह अब आगे कभी उसे नहीं खेल सकता था। उसके शरीर ने एक झुरझुरी ली; उसे महसूस हुआ जैसे कोई चीज़ मर गई थी।

वह सारा दिन आम के उस पेड़ के नीचे बैठा अपने पिता के बारे में, गोविन्द

के बारे में, गौतम के बारे में सोचता रहा। क्या उसने इन सबको इसलिए त्यागा था कि वह कामस्वामी बन जाए?

रात ढलने तक वह वहीं बैठा रहा। जब उसने ऊपर देखा और उसे सितारे नज़र आए तो उसने सोचा : मैं यहाँ आम के अपने पेड़ के नीचे, अपनी आनन्द वाटिका में बैठा हूँ। उसके चेहरे पर हल्की-सी मुस्कान आई। क्या यह ज़रूरी था, क्या यह उचित था, क्या यह मूर्खता नहीं थी कि वह आम के एक पेड़ और एक वाटिका का स्वामी बने?

इस सबसे वह निपट चुका था। यह भी उसके अन्दर मर गया था। वह उठा, उसने आम के पेड़ और आनन्द वाटिका से विदा ली। चूँकि उस दिन उसने कुछ भी नहीं खाया था, इसलिए उसे बहुत भूख लग रही थी और उसे नगर में अपने मकान की, अपने कमरे और बिस्तर की, भोजन से सजी अपनी मेज़ की याद हो आई। वह थके-थके अन्दाज़ में मुस्कराया, उसने अपना सिर हिलाया और इन सभी चीज़ों से विदा ले ली।

उसी रात सिद्धार्थ ने अपनी वाटिका और नगर, दोनों को त्याग दिया और फिर कभी वापस नहीं आया। एक लम्बे समय तक कामस्वामी इस विश्वास में कि कहीं वह डाकुओं के हाथों में न जा फँसा हो, उसे खोजने की कोशिश करता रहा। कमला ने उसे खोजने की कोशिश नहीं की। जब उसे पता चला कि सिद्धार्थ गायब हो गया है तो वह चकित नहीं हुई। क्या उसे हमेशा से इसी की अपेक्षा नहीं थी? क्या वह एक श्रमण नहीं था, अनिकेतन, तीर्थयात्री? उसने यह अपनी और उसकी आखिरी मुलाकात के पहले से कहीं ज़्यादा महसूस किया था। और अपने नुकसान पर दुख की इस घड़ी में उसे खुशी थी कि उसने सिद्धार्थ को उस आखिरी मौके पर अपने दिल से इतना कसकर भींचा था, सिद्धार्थ द्वारा इतना अभिभूत और पूरी तरह उसके बस में महसूस किया था।

जब उसने सिद्धार्थ के गायब होने की पहली खबर सुनी तो वह खिड़की तक गई जहाँ उसने सुनहरे पिंजरे में एक दुर्लभ सुरीली चिड़िया पाली हुई थी। उसने पिंजरे का दरवाज़ा खोलकर चिड़िया को बाहर निकाला और उसे उड़ा दिया। काफ़ी देर तक उसकी नज़र उस लुप्त होती चिड़िया का पीछा करती रही। उस दिन के बाद उसने अपने यहाँ मुलाकातियों की आवभगत रोक दी और अपने मकान के दरवाज़े बन्द रखने लगी। कुछ ही समय के बाद उसने पाया कि सिद्धार्थ से अपनी आखिरी भेंट-मुलाकात के फलस्वरूप वह बच्चे से थी।

नदी के पास

सिद्धार्थ भटकता हुआ वन में चला गया; वह पहले ही नगर से दूर आ गया था और सिर्फ़ एक बात जानता था—कि वह वापस नहीं जा सकता था, कि जो ज़िन्दगी वह बहुत वर्षों से जीता आ रहा था, वह बीत चुकी थी, उबकाई की हद तक चखी और रिक्त की जा चुकी थी। गाने वाली चिड़िया मर चुकी थी; उसकी मौत, जिसके बारे में उसने सपना देखा था, खुद उसके अपने हृदय के अन्दर की चिड़िया की मौत थी। वह बुरी तरह संसार में उलझा हुआ था, उसने हर तरफ़ से जुगुप्सा और मृत्यु को अपनी तरफ़ खींच लिया था किसी सोखते की तरह जो तब तक पानी को सोखता रहता है जब तक कि वह पूरी तरह भीग कर भर नहीं जाता। वह खिन्नता और अवसाद से, क्लेश और सन्ताप से, मृत्यु से भरा हुआ था; दुनिया में ऐसा कुछ नहीं बचा था जो उसे आकर्षित कर सके, जो उसे सुख और सांत्वना दे सके।

वह जी-जान से विस्मृति की, चैन की, मृत्यु की इच्छा कर रहा था। काश, उस पर बिजली गिर जाती! काश, कोई बाघ आकर उसे खा जाता! काश, ऐसी कोई मदिरा होती, कोई विष, जो उसे विस्मरण में धकेल देता, जो उसे सब कुछ भुला देता, जो उसे सुला देता और कभी जागने न देता। ऐसी कोई गन्दगी नहीं थी जिसमें वह लोटा नहीं था, कोई पाप या मूर्खता नहीं थी जो उसने की न थी, आत्मा का ऐसा कोई दाग नहीं था, जिसके लिए वह ज़िम्मेदार न हो। क्या इसके बाद भी जीना सम्भव था? क्या यह सम्भव था साँस बार-बार अन्दर ली जाए, बाहर छोड़ी जाए, भूख महसूस की जाए, दोबारा खाया जाए, फिर से सोया जाए, फिर से स्त्रियों का संग किया जाए? क्या उसके लिए यह चक्र रिक्त और समाप्त नहीं हो चुका था?

सिद्धार्थ वन में बहती नदी पर पहुँच गया था, वही नदी जिसके पार वह

मल्लाह बहुत पहले उसे ले गया था, जब वह एक युवक था और गौतम के नगर से आया था। वह नदी पर पहुँचकर रुक गया और हिचकिचाहट में किनारे पर खड़ा रहा। थकान और भूख के कारण वह दुर्बल हो गया था। क्यों जाए वह आगे और कहीं? कहाँ और किस उद्देश्य से? अब आगे कोई उद्देश्य नहीं बचा था, और कुछ नहीं सिवा इस सारे उलझे हुए सपने को झटक देने, इस बासी मदिरा को थूक देने, इस कड़वी, दुख-भरी ज़िन्दगी को समाप्त कर देने की एक गहरी, पीड़ादायक लालसा के।

नदी के किनारे एक पेड़ था, नारियल का पेड़। सिद्धार्थ उससे टिक गया और अपनी बाँह उस पेड़ के तने से लपेटकर उसने उस हरे पानी पर निगाह झुकाई जो उसके नीचे बह रहा था। उसने नीचे नज़र डाली और इस इच्छा से पूरी तरह घिर गया कि खुद को ढीला छोड़ दे और पानी में डूब जाए। पानी में एक ठंडी रिक्तता उसकी आत्मा के भयंकर खालीपन को प्रतिबिम्बित कर रही थी। हाँ, वह अन्त तक आ पहुँचा था। उसके पास इसके अलावा और कुछ नहीं बचा था कि खुद को मिटा दे, अपने जीवन के निष्फल ढाँचे को नष्ट कर दे, उसे फेंक दे—देवताओं के उपहास का पात्र। यही वह कृत्य था जिसे करने की उसे उत्कट इच्छा थी, उस रूप को नष्ट करने की जिससे उसे नफ़रत थी। उसे मछलियाँ खा जाएँ, इस कुत्ते सिद्धार्थ को, इस पागल को, इस भ्रष्ट और सड़ती हुई देह को, इस मन्द और बुरी तरह इस्तेमाल की गयी आत्मा को! मछलियाँ और मगरमच्छ उसे खा जाएँ, पिशाच उसे छोटे-छोटे टुकड़ों में चीर दें!

विकुंचित मुख-मुद्रा के साथ वह पानी में घूरता रहा। उसे अपने चेहरे की परछाई दिखाई दी और उसने उस पर थूका; उसने अपनी बाँह पेड़ के तने से खींच ली और थोड़ा मुड़ा ताकि वह सिर के बल गिरे और अन्ततः डूब जाए। वह झुका, आँखें बन्द किए—मौत की ओर।

तब अपनी आत्मा के दूरस्थ भाग से, अपनी थकी हुई ज़िन्दगी के अतीत से, उसे एक ध्वनि सुनाई दी। वह एक शब्द था, एक स्वर, जिसे बिना सोचे उसने अस्फुट ढंग से कहा, ब्राह्मणों की सभी प्रार्थनाओं का आदि और अन्त, पवित्र ओम जिसका अर्थ था 'वह जो पूर्ण है' या 'पूर्णता।' उस क्षण जब 'ओम' की वह ध्वनि सिद्धार्थ के कानों में गूँजी, उसकी सोई हुई आत्मा अचानक जाग उठी और उसे अपने कृत्य की मूर्खता का आभास हुआ।

सिद्धार्थ बुरी तरह आतंकित हो उठा। तो यह था जहाँ वह आ पहुँचा था; वह इतना गया-बीता, इतना भ्रमित, इतना विवेकरहित हो गया था कि उसने मृत्यु

की कामना की थी। यह इच्छा, यह बचकानी इच्छा उसके अन्दर इतनी बलवती हो उठी थी : अपनी देह को नष्ट करके शान्ति की तलाश। हाल के उन दिनों की सारी मनोवेदना, सारे मोहभंग, सारी हताशा ने उस पर उतना असर नहीं डाला था जितना उस पल जब उस शब्द 'ओम' ने उसकी चेतना में प्रवेश किया और उसने अपनी तुच्छता और अभागेपन और अपने अपराध को पहचाना।

'ओम', उसने अन्दर-ही-अन्दर उच्चारण किया और उसे ब्रह्म की, जीवन की अनश्वरता की चेतना हो आई; उसे वह सब याद आ गया जो वह भूल चुका था, वह सब जो दिव्य और दैवी था।

लेकिन यह सिर्फ़ पल-भर का खेल था, एक कौंध। सिद्धार्थ नारियल के उस पेड़ के नीचे ढह गया, थकान से लस्त। ओम का शब्द बुदबुदाते हुए उसने पेड़ की जड़ों पर अपना सिर टिकाया और गहरी नींद में डूब गया।

उसकी नींद गहरी और स्वप्नरहित थी; वह इस तरह लम्बे समय से नहीं सोया था। जब कई घंटों के बाद वह जागा तो उसे लगा, मानो दस साल गुज़र गए थे। पानी की हल्की कल-कल उसके कानों में पड़ी; उसे पता नहीं था कि वह कहाँ था, न यही कि क्या कोई उसे वहाँ ले आया था। उसने ऊपर को नज़र दौड़ाई और अपने ऊपर पेड़ों और आकाश को देखकर चकित हुआ। उसे याद हो आया कि वह कहाँ था और कैसे वह वहाँ मौजूद था। लम्बे समय तक वहाँ बने रहने की इच्छा उसके अन्दर जाग उठी। अतीत अब उसे किसी घूँघट से ढँका जान पड़ता था, बहुत दूर, बिलकुल महत्त्वहीन। उसे सिर्फ़ यही मालूम था कि उसकी पिछली ज़िन्दगी (सचेत होने के पहले क्षण में उसे अपनी पिछली ज़िन्दगी दूरस्थ अवतार सरीखी लगी थी, उसके वर्तमान अस्तित्व का एक पिछला जन्म) समाप्त हो चुकी थी, कि वह उकताहट और तुच्छता से इस कदर भरी थी कि उसने उसे नष्ट कर देना चाहा था, लेकिन उसने एक नदी के किनारे, नारियल के पेड़ के नीचे, पवित्र शब्द 'ओम' को होंटों पर लिये हुए फिर से अपने होश-हवास हासिल किए थे। फिर वह सो गया था और जागने पर उसने दुनिया को एक नये आदमी की नज़र से देखा था। हल्के स्वर में उसने खुद ही से 'ओम' शब्द कहा, जिसे बुदबुदाते हुए वह सो गया था और उसे महसूस हो रहा था मानो उसकी समूची निद्रा 'ओम' का एक लम्बा गहरा उच्चार, 'ओम' का विचार, ओम में, नामहीन में, देवत्व में एक डुबकी और प्रवेश था।

कितनी अद्भुत नींद उसे आई थी। नींद ने कभी उसे इतना तरो-ताज़ा, नया-नकोर, प्राणवंत नहीं बनाया था। शायद वह सचमुच मर गया था, शायद

वह डूब गया था और किसी दूसरे रूप में फिर से जन्मा था? नहीं, वह खुद को पहचानता था, अपने हाथों और पैरों को पहचानता था, उस जगह को जहाँ वह लेटा था और अपनी छाती में अपने स्व को, सिद्धार्थ, इच्छा-शक्ति सम्पन्न, व्यक्तिचेतस को। लेकिन यह सिद्धार्थ कुछ-कुछ बदल गया था, फिर से नया हो गया था। वह अद्भुत ढंग से सोया था। अब वह उल्लेखनीय रूप से जागृत, प्रसन्न और उत्सुक था।

सिद्धार्थ उठा और उसने अपने सामने पीला चीवर पहने, सिर घुटाए एक भिक्षु को मनन करने की मुद्रा में बैठे देखा। उसने उस व्यक्ति पर नज़र डाली जिसके न तो सिर पर बाल थे, न चेहरे पर दाढ़ी और अभी उसने ज्यादा देर तक उसे निहारा नहीं था कि उसने इस भिक्षु में गोविन्द को, अपनी युवावस्था के मित्र को पहचान लिया—गोविन्द को जिसने तथागत बुद्ध की शरण ली थी। गोविन्द की उमर भी बढ़ गई थी, लेकिन उसके चेहरे पर अब भी वह पुरानी विशेषता दिखती थी—आतुरता, निष्ठा, जिज्ञासा, चिंता। लेकिन जब गोविन्द ने उसकी निगाह को महसूस करके अपनी आँखें ऊपर कीं और उसे निहारा तो सिद्धार्थ ने देखा कि गोविन्द ने उसे नहीं पहचाना था। उसे जागा देखकर गोविन्द को खुशी हुई। प्रकट ही वह उसके जागने की प्रतीक्षा में वहाँ काफ़ी देर से बैठा रहा था, हालाँकि वह उसे नहीं जानता था।

"मैं सो रहा था," सिद्धार्थ ने कहा। "तुम यहाँ कैसे आए?"

"तुम सो रहे थे," गोविन्द ने जवाब दिया, "और ऐसी जगहों पर सोना ठीक नहीं होता जहाँ अक्सर साँप और वन्य पशु फिरते रहते हैं। मैं तथागत गौतम, शाक्यमुनि बुद्ध, का अनुयायी हूँ और अपने सम्प्रदाय के काफ़ी लोगों के साथ तीर्थ यात्रा पर हूँ। मैंने तुम्हें एक खतरनाक जगह सोते देखा, इसलिए मैंने तुम्हें जगाने की कोशिश की और फिर जैसे ही मैंने देखा कि तुम गहरी नींद में हो, मैं अपने बंधुओं से पीछे रह गया और तुम्हारे पास आ बैठा। फिर ऐसा लगता है कि मैं, जो तुम्हारी निगरानी करना चाहता था, खुद नींद में डूब गया। थकान मुझ पर हावी हो गई और मैंने खराब ढंग से पहरेदारी की। लेकिन अब तुम जाग गए हो, सो मुझे चलना और अपने बंधुओं से जा मिलना चाहिए।"

"मैं तुम्हें धन्यवाद कहता हूँ, श्रमण, कि तुमने मेरी नींद की रक्षा की। तथागत के अनुयायी बहुत करुणामय हैं, लेकिन अब तुम अपने रास्ते जा सकते हो।"

"मैं जा रहा हूँ। तुम्हारा मंगल हो!"

''धन्यवाद, श्रमण!''

गोविन्द झुका और उसने कहा, ''अच्छा तो विदा।''

''विदा, गोविन्द,'' सिद्धार्थ ने कहा।

भिक्षु ठिठककर खड़ा हो गया।

''क्षमा करो, भन्ते, तुम मेरा नाम कैसे जानते हो?''

इस पर सिद्धार्थ हँसा।

''मैं तुम्हें जानता हूँ गोविन्द, तुम्हारे पिता के घर से, और ब्राह्मणों के गुरुकुल से और यज्ञ तथा हवन-पूजन से और श्रमणों के साथ बिताए गए समय से और जेतवन के कुंज में उस घड़ी से जब तुमने तथागत के प्रति निष्ठा की शपथ ली थी।''

''तुम सिद्धार्थ हो,'' गोविन्द ने चिल्लाकर कहा। ''अब मैं तुम्हें पहचान गया और यह समझ नहीं पा रहा कि क्यों मैं तत्काल तुम्हें नहीं पहचान पाया। कल्याण हो, सिद्धार्थ, तुम्हें फिर से देखकर मुझे बहुत प्रसन्नता हो रही है।''

''मैं भी तुम्हें फिर से देखकर बहुत प्रसन्न हूँ। तुमने मेरी नींद के दौरान मेरी देख-रेख की; मैं तुम्हें फिर से धन्यवाद देता हूँ, हालाँकि मुझे किसी रक्षक की ज़रूरत नहीं थी। तुम कहाँ जा रहे हो, मित्र?''

''मैं कहीं नहीं जा रहा हूँ। हम भिक्षु हमेशा यात्रा करते रहते हैं, सिवा वर्षा के मौसम के। हम एक स्थान से दूसरे स्थान जाते रहते हैं, नियमों के अनुसार जीते हैं, धर्म-प्रचार करते हैं, भिक्षा माँगते हैं और फिर आगे बढ़ जाते हैं। हमेशा यह एक-सा ही रहता है। लेकिन तुम कहाँ जा रहे हो सिद्धार्थ?''

सिद्धार्थ बोला, ''मेरे साथ भी वैसा ही है जैसा तुम्हारे साथ, मेरे मित्र! मैं कहीं जा नहीं रहा हूँ। मैं सिर्फ़ बीच रास्ते में हूँ। मैं तीर्थयात्रा पर हूँ।''

गोविन्द ने कहा, ''तुम कहते हो तुम तीर्थयात्रा पर हो और मैं तुम्हारी बात का विश्वास करता हूँ। लेकिन क्षमा करना सिद्धार्थ, तुम तीर्थयात्री जैसे नहीं दिखते। तुमने धनी व्यक्तियों जैसे कपड़े पहने हुए हैं, सभ्य नागरिक के से जूते पहन रखे हैं और तुम्हारे सुगंधित केश किसी तीर्थयात्री के केशों जैसे नहीं हैं, वे किसी श्रमण के केश नहीं हैं।''

''तुमने सही तरह निरखा है, मित्र; तुम अपनी तीखी आँखों से सब कुछ देख लेते हो। लेकिन मैंने तुमसे नहीं कहा कि मैं श्रमण हूँ। मैंने कहा मैं एक तीर्थयात्रा पर हूँ और यह सच है।''

''तुम किसी तीर्थयात्रा पर हो,'' गोविन्द ने कहा, ''लेकिन कम ही लोग

ऐसे कपड़ों, ऐसे जूतों और ऐसे बालों के साथ तीर्थयात्रा पर जाते हैं। मैं कई बरसों से घूमता-फिरता रहा हूँ, पर मैंने कभी ऐसा तीर्थयात्री नहीं देखा।''

''मुझे तुम्हारी बात पर भरोसा है, गोविन्द। लेकिन आज तुम ऐसे ही तीर्थयात्री से मिले हो जिसने ऐसे जूते और परिधान धारण कर रखा है। याद रखो, मेरे प्यारे गोविन्द, दृश्य जगत अनित्य और परिवर्तनशील है, हमारे परिधान और बालों की शैली अत्यंत नश्वर और अस्थायी है। हमारे केश और हमारे शरीर भी भंगुर हैं। तुमने सही ढंग से परखा है। मैं एक धनी व्यक्ति के-से कपड़े पहने हुए हूँ और मैंने इसलिए उन्हें धारण किया हुआ है, क्योंकि मैं एक धनी व्यक्ति था और मैंने अपने केश सांसारिक और सभ्य समाज के लोगों जैसे रखे हुए हैं, क्योंकि मैं भी उनमें से एक रहा हूँ।''

''और अब तुम क्या हो, सिद्धार्थ?''

''मैं नहीं जानता; मैं उतना ही थोड़ा-सा जानता हूँ जितना तुम। मैं बीच राह में हूँ। मैं एक धनी व्यक्ति था, लेकिन अब मैं नहीं हूँ और कल मैं क्या हूँगा मुझे मालूम नहीं।''

''क्या तुमने अपनी धन-सम्पत्ति गँवा दी है?''

''मैंने उसे गँवा दिया है या वो मुझे गँवा बैठी है—मैं पक्के तौर पर नहीं कह सकता। दृश्य जगत का चक्र तेज़ी से घूमता है, गोविन्द। कहाँ है ब्राह्मण सिद्धार्थ, कहाँ है श्रमण सिद्धार्थ, कहाँ है धनी व्यक्ति सिद्धार्थ? जो नश्वर है वह जल्द ही बदलता है, गोविन्द। तुम्हें यह पता है।''

बहुत देर तक गोविन्द शक की नज़र से अपनी युवावस्था के मित्र की तरफ़ देखता रहा। फिर उसने झुककर उसे नमन किया, जैसे कोई व्यक्ति रुतबे वाले आदमी के साथ करता है और अपने रास्ते पर चला गया।

मुस्कुराते हुए सिद्धार्थ उसे जाते हुए देखता रहा। वह अब भी उससे प्यार करता था, इस सच्चे चिन्तित मित्र से। और उस पल, उस उत्कृष्ट घड़ी में, अपनी अद्भुत निद्रा के बाद, ओम से परिव्याप्त, वह किसी व्यक्ति या किसी चीज़ को चाहे बिना कैसे रह सकता था। उसकी नींद के दौरान और उसके अन्दर ओम के होने पर यही वह जादू था जो उस पर हुआ था—वह हर चीज़ से प्रेम करता था, वह उस सबके प्रति, जिसे वह देखता, आनन्दमय प्रेम से भरा हुआ था। और उसे एहसास हो गया था कि ठीक इसी कारण वह पहले इतना बीमार क्यों रहा था—क्योंकि वह किसी चीज़ या किसी व्यक्ति से प्रेम नहीं कर सकता था।

चेहरे पर एक मुस्कान के साथ सिद्धार्थ जाते हुए भिक्षु को देखता रहा।

अपनी नींद से उसे ताकत मिली थी, लेकिन उसे बहुत भूख लगी थी, क्योंकि उसने दो दिन से कुछ नहीं खाया था और वह समय बहुत पहले ही बीत चुका था जब वह भूख को नज़रअंदाज़ कर सकता था। परेशानी की इस घड़ी में, लेकिन उसके बावजूद, उसने हँस कर उस समय को याद किया। उसे याद आया कि उस समय उसने कमला के सामने तीन बातों की डींग मारी थी, तीन उत्कृष्ट और अजेय कलाएँ : उपवास रखना, प्रतीक्षा करना और सोचना। ये उसकी सम्पदा थीं, उसकी शक्ति और बल, उसकी मज़बूत लाठी। अपने यौवन के उद्यमी, कर्मठ वर्षों के दौरान उसने ये तीन कलाएँ सीखी थीं और कुछ नहीं। अब उसने इन्हें गँवा दिया था, अब उसके पास इनमें से कोई एक भी कला नहीं बची थी, न उपवास रखना, न प्रतीक्षा करना, न सोचना। उसने उन्हें सबसे निकृष्ट चीज़ों से, नश्वर चीज़ों से, इन्द्रियों के सुख से, ऊँचे रहन-सहन और धन-सम्पत्ति से बदल लिया था। वह एक अजीब मार्ग पर बढ़ता चला गया था। और अब ऐसा लगता था कि वह सचमुच एक मामूली आदमी बन गया था।

सिद्धार्थ ने अपनी अवस्था पर सोच-विचार किया। उसने पाया कि उसे सोचने में कठिनाई हो रही थी; उसकी वास्तव में कोई इच्छा नहीं थी, लेकिन उसने खुद को विवश किया।

अब, उसने सोचा, जब ये सारी अस्थायी चलायमान चीज़ें फिसल कर फिर एक बार मेरे पास से चली गई हैं, मैं सूर्य के नीचे एक बार फिर वैसे ही खड़ा हूँ जैसे मैं तब खड़ा था जब मैं छोटा-सा बच्चा था। कुछ भी मेरा नहीं है, मैं कुछ नहीं जानता, मेरे पास कुछ भी नहीं है, मैंने कुछ नहीं सीखा है। कितना अजीब है यह। अब जब मैं युवा नहीं रह गया हूँ, जब मेरे केश तेज़ी से पक रहे हैं, जब ताकत कम होनी शुरू हो रही है, अब मैं एक बार फिर बच्चे की तरह आरम्भ कर रहा हूँ। एक बार फिर उसके होंटों पर मुस्कान खेल गई। हाँ, उसकी नियति अजीब थी। वह अब पीछे की ओर जा रहा था और अब फिर वह दुनिया में खाली और नंगा और अबोध खड़ा था। लेकिन उसने इसे लेकर दुख नहीं मनाया; नहीं, उसे हँसने की ज़बरदस्त इच्छा भी हुई, अपने ऊपर हँसने की, इस अजीब मूर्खतापूर्ण संसार पर हँसने की!

स्थितियाँ तुम्हारे सिलसिले में पीछे की ओर जा रही हैं, उसने खुद से कहा और हँसा और यह कहते हुए उसकी नज़र नदी पर जा टिकी और उसने नदी को भी निरन्तर पीछे की ओर बहते देखा, प्रसन्नता से गाते हुए। यह उसे बहुत अधिक भाया; वह नदी को देखकर उत्फुल्लता से मुस्कराया। क्या यह वही नदी

नहीं थी जिसमें उसे कभी खुद को डुबा देने की इच्छा हुई थी—सैकड़ों साल पहले—या क्या उसने इसका सपना देखा था?

कितनी अजीब रही थी उसकी ज़िन्दगी, उसने सोचा। वह अजीबो-गरीब रास्तों पर भटकता रहा था। जब मैं लड़का था, मेरा ध्यान देवताओं और यज्ञों में लगा हुआ था, युवावस्था में तप में, सोचने और मनन करने में। मैं ब्रह्म की खोज में था और आत्मन् में, जो शाश्वत है, उसकी श्रद्धा करता था। जब मैं एक युवक था, मैं परिशुद्धि की ओर आकर्षित था। मैं वन में रहता था, गर्मी-सर्दी सहता था। मैंने उपवास रखना सीखा, मैंने अपने शरीर को जीतना सीखा। फिर मैंने विस्मय के साथ तथागत बुद्ध के धर्मोपदेश का अन्वेषण किया। मैंने ज्ञान और संसार की एकता को अपने अन्दर अपने खून की तरह दौड़ते, प्रवाहित होते महसूस किया, लेकिन मैं बुद्ध और उस महान ज्ञान को छोड़ने पर विवश भी हुआ। मैंने जाकर कमला से प्रेम का आनन्द सीखा और कामस्वामी से व्यापार। मैंने धन संचित किया, मैंने पैसा उड़ाया, मैं रसीले भोजन का आदी बना, मैंने अपनी इन्द्रियों को उकसाना सीखा। अपनी बुद्धि को गँवाने के लिए, सोचने की शक्ति खो देने के लिए, तत्वों की एकता के बारे में भूल जाने के लिए मुझे बहुत-से वर्ष इसी तरह बिताने पड़े। क्या यह सच नहीं है कि धीरे-धीरे और बहुत-से भटकावों से गुज़र कर मैं एक आदमी से एक बच्चे में बदल गया? एक विचारक से एक आम आदमी में? तिस पर भी यह पथ अच्छा रहा है और मेरे उर में बैठी चिड़िया मरी नहीं है। लेकिन कैसा पथ रहा है यह? मुझे फिर से बच्चा बनने और नये सिरे से शुरू करने के लिए कितनी मूर्खता, कितने दुर्गुणों, कितनी भूलों, कितनी उकताहट, मोहभंग और दुख का अनुभव करना पड़ा है। लेकिन यह उचित था कि ऐसा ही हो; मेरी आँखें और हृदय इसकी प्रशंसा करते हैं। कृपा का अनुभव करने के लिए, फिर से ओम सुनने के लिए, फिर से गहरी नींद सोने और तरोताज़ा होकर जागने के लिए मुझे हताशा का अनुभव करना ही था, गहनतम मानसिक पतन में, आत्महत्या के विचारों तक, गिरना ही था। मुझे खुद अपने भीतर आत्मन् को खोजने के लिए फिर से मूर्ख बनना ही था। फिर से जीने के लिए मुझे पाप करना ही था। अब आगे मेरा पथ मुझे कहाँ ले जाएगा? यह पथ मूर्खतापूर्ण है, यह कुंडली की तरह बढ़ता है, शायद चक्कर काटता रहता है, लेकिन जिस दिशा में यह जाए, मुझे इसका अनुसरण करना है।

उसे अपने भीतर भारी प्रसन्नता के बढ़ने का आभास हुआ।

कहाँ से आती है यह, उसने अपने से पूछा? प्रसन्नता की इस भावना का

कारण क्या है? क्या इसका स्रोत मेरी लम्बी, गहरी नींद है जिसने मेरा इतना भला किया है? या वह शब्द ओम जिसका उच्चारण मैंने किया है? या क्योंकि मैं भाग आया, क्योंकि मेरी उड़ान सफल रही, क्योंकि अन्ततः मैं एक बार फिर मुक्त हो गया और आकाश के नीचे बच्चे की तरह खड़ा हूँ? आह, कितनी अच्छी रही है यह उड़ान, यह मुक्ति! जिस जगह से मैं बचकर भाग निकला, वहाँ हमेशा तेल-फुलेल, मसालों, अति और निष्क्रियता का वातावरण था। धन-सम्पदा, केलि और क्रीड़ा की दुनिया से मुझे कितनी घृणा थी। उस भयावह संसार में इतने दिन रहने के लिए मुझे खुद से कितनी नफ़रत थी! मैंने खुद से कितनी नफ़रत की, अपने को रोका, ज़हर दिया और पीड़ित किया, खुद को बूढ़ा और बदसूरत बना दिया। अब फिर कभी नहीं, जैसा कि किसी समय मैंने उछाह के साथ कल्पना की थी, मैं यह समझूँगा कि सिद्धार्थ चतुर है। लेकिन एक अच्छा काम मैंने किया है, जो मुझे प्रीतिकर लग रहा है, जिसकी मुझे तारीफ़ करनी चाहिए—मैंने अब उस आत्म-घृणा का, उस मूर्खतापूर्ण खोखली ज़िन्दगी का, अन्त कर दिया है। मैं तुम्हारी सराहना करता हूँ, सिद्धार्थ कि इतने वर्षों की मूर्खता के बाद तुम्हें फिर से एक अच्छा विचार आया है, कि तुमने कुछ उपलब्ध किया है, कि तुमने फिर से अपने अन्दर मौजूद चिड़िया को गाते सुना है और उसका अनुसरण किया है। लिहाज़ा उसने अपनी पीठ ठोंकी, अपने ऊपर खुश हुआ और उत्सुकता से अपने पेट से आती आवाज़ सुनने लगा जो भूख से गुड़गुड़ा रहा था। उसने महसूस किया कि उसने उस बीते हुए काल के दौरान दुख के एक निवाले का, मुसीबत के एक हिस्से का भरपूर स्वाद लेकर उसे थूक दिया था, कि उसने वह सब हताशा और मृत्यु की सीमा तक भोगा था। लेकिन सब ठीक था। अगर यह घटित न हुआ होता, पूरी तरह नाउम्मीदी और हताशा का वह क्षण और वह तनाव-भरी घड़ी जब वह आत्म-हत्या करने के लिए तैयार बहते पानी के ऊपर झुक गया था, तो वह काफ़ी समय तक कामस्वामी के साथ रह सकता था, पैसे बना और उड़ा सकता था, देह को तृप्त और आत्मा की उपेक्षा कर सकता था; अभी वह काफ़ी दिनों तक उस नरम, गद्देदार नरक में रह सकता था, यह हताशा, यह अतीव उकताहट जो उसने अनुभव की थी, उस पर हावी नहीं हो पाई थी। उसके अन्दर की वह चिड़िया, वह स्वच्छ जल का स्रोत और स्वर अब भी जीवित थी—इसीलिए वह प्रसन्न था, इसीलिए वह हँस रहा था, इसीलिए खिचड़ी बालों के नीचे उसका चेहरा इतना दमक रहा था।

हर चीज़ को खुद अनुभव करके देखना अच्छी बात है, उसने सोचा जब

मैं बच्चा था मैंने सीखा कि सांसारिक सुख और धन-सम्पदा अच्छी नहीं थी। इसे मैं लम्बे समय से जानता आया, लेकिन इसे अनुभव मैंने बस अभी-अभी किया है। अब मैं इसे केवल बुद्धि ही से नहीं, वरन अपनी आँखों से, हृदय से, उदर से जानता हूँ। यह अच्छी बात है कि मुझे यह पता है।

वह बहुत देर तक अपने भीतर आए परिवर्तन के बारे में सोचता रहा, चिड़िया को खुशी से चहकते हुए सुनता रहा। अगर उसके अन्दर की यह चिड़िया मर गई होती तो क्या वह नष्ट हो गया होता? नहीं, उसके अन्दर कोई और चीज़ मर गई थी, कुछ ऐसी चीज़, जिसके नष्ट होने की कामना वह बहुत दिनों से करता आ रहा था। क्या यह वही तो नहीं था जिसे बहुत पहले कभी वह अपने तपस्या के जोशीले दिनों के दौरान नष्ट करने की कामना करता रहा था? क्या वह उसका अपना आप, उसका स्व नहीं था, उसका छोटा-सा भयभीत और घमंडी स्व जिसके साथ उसने इतने साल कुश्ती लड़ी थी, लेकिन जिसने हमेशा उसे फिर से जीत लिया था, जो हर बार फिर से प्रकट होता था, जो उससे खुशी छीनकर उसे भय से भर देता था? क्या वही तो आज वन में इस मनमोहक नदी के किनारे अन्तिम रूप से मर नहीं गया था? क्या उसकी मृत्यु के कारण ही तो नहीं था कि अब वह किसी बच्चे-सरीखा था, विश्वास और खुशी से इतना भरा हुआ, आशंका से रहित?

सिद्धार्थ को अब यह बोध भी हुआ कि क्यों जब वह ब्राह्मण और तपस्वी था, वह इस स्व से निष्फल संघर्ष करता रहा था। बहुत अधिक ज्ञान ने उसे बाधित किया था; बहुत अधिक पवित्र श्लोकों और मन्त्रों ने, बहुत अधिक यज्ञों और बलियों ने, बहुत अधिक शारीरिक प्रताड़ना ने, बहुत अधिक करने और हाथ-पाँव मारने और उद्यम ने। वह अहंकार से भरा रहा था; वह हमेशा सबसे अधिक बुद्धिमान, सबसे अधिक आतुर रहा था—हमेशा दूसरों से एक कदम आगे, हमेशा ज्ञानी और मेधावी, हमेशा पुजारी या ऋषि। उसका स्व उसके पुजारीपन में रेंग कर चला आया था, उसके अहंकार में, उसकी बौद्धिकता में। वह वहाँ जमकर बैठ गया और बढ़ता रहा, जबकि वह सोच रहा था कि वह उसे उपवास और पश्चाताप से नष्ट कर रहा है। अब उसने उसे समझा था और यह महसूस किया था कि वह अन्तरात्मा की आवाज़ सही थी कि कोई गुरु उसे मोक्ष नहीं दिला सकता था। इसीलिए उसे संसार में जाना पड़ा था, खुद को शक्ति, स्त्रियों और धन में गँवा देने के लिए; इसी कारण उसे व्यापारी, पाँसों का जुआरी, पियक्कड़ और सम्पत्तिशाली व्यक्ति बनना पड़ा, जब तक कि उसके अन्दर का पुजारी और

श्रमण मर न गए। इसी कारण उसे उन भयावह वर्षों से गुज़रना पड़ा, उकताहट भोगनी पड़ी, अन्त तक एक खोखली, निरर्थक ज़िन्दगी के पागलपन का सबक सीखना पड़ा, जब तक कि वह कड़वी हताशा के छोर तक न पहुँचा, ताकि व्यसनी सिद्धार्थ, सम्पत्तिशाली सिद्धार्थ मर सके। वह मर चुका था और एक नया सिद्धार्थ अपनी नींद से जागा था। वह भी बूढ़ा होगा और मरेगा। सिद्धार्थ भंगुर था, सब रूपाकार भंगुर थे, लेकिन आज वह युवा था, एक शिशु था—नया सिद्धार्थ—और बहुत खुश था।

ये खयाल उसके दिमाग में बहते चले गए। मुस्कराते हुए उसने अपने पेट से आती आवाज़ सुनी, गुनगुनाती हुई मधुमक्खी को कृतज्ञ भाव से सुना। प्रसन्नता से उसने बहती हुई नदी को निहारा। पहले कभी किसी नदी ने उसे इतना आकर्षित नहीं किया था जितना इस नदी ने। पहले कभी उसे बहते हुए पानी का स्वर और रूप इतना सुन्दर नहीं लगा था। उसे आभास हुआ जैसे नदी के पास उसे बताने के लिए कुछ खास है, कुछ ऐसा जो वह नहीं जानता था, कुछ ऐसा जो अब भी उसकी प्रतीक्षा कर रहा था। सिद्धार्थ ने खुद को इस नदी में डुबो देना चाहा था, पुराना, थका, हताश सिद्धार्थ आज उसमें डूब चुका था। नये सिद्धार्थ को इस बहते पानी से गहरा लगाव महसूस हो रहा था और उसने तय किया कि वह दोबारा उसे इतनी जल्दी छोड़कर नहीं जाएगा।

माँझी

मैं इस नदी के पास रहूँगा, सिद्धार्थ ने सोचा। यह वही नदी है जिसे मैंने नगर जाते समय पार किया था। एक भला माँझी मुझे पार ले गया था। मैं उसके पास जाऊँगा। मेरा पथ एक बार उसकी झोंपड़ी से नये जीवन की ओर ले गया था जो अब पुराना होकर आखिरी साँसें ले चुका है। मेरा मौजूदा पथ, मेरी नई ज़िन्दगी वहीं से शुरू हो।

उसने लगाव के साथ बहते पानी को देखा, उसके पारदर्शी हरेपन को, उसकी बनती-बिगड़ती आकृतियों के अद्भुत रूप की बिल्लौरी रेखाओं को। उसने गहराइयों से चमकीले मोती उठते देखे, दर्पण पर तैरते हुए बुलबुले, आसमानी-नीले की परछाई लिये। नदी उसे हज़ार आँखों से निहार रही थी—हरी, सफ़ेद, बिल्लौरी, आसमानी-नीली। उसे इस नदी से कितना प्यार था, वह कैसे उसे मोहती रहती थी, कितना कृतज्ञ था वह उसका। अपने हृदय में उसने वह नई जगी आवाज़ सुनी और उसने सिद्धार्थ से कहा, ''इस नदी से प्यार करो, इसके पास रहो, इससे सीखो।'' हाँ, वह उससे सीखना चाहता था, वह उसे सुनना चाहता था। उसे लगता था कि जो भी इस नदी को और उसके रहस्यों को समझ गया, वह और बहुत कुछ, बहुत-से रहस्य, सभी रहस्य समझ जाएगा।

लेकिन आज उसने नदी का सिर्फ़ एक रहस्य देखा, ऐसा जिसने उसकी आत्मा को जकड़ लिया। उसने देखा कि पानी तो लगातार बहता था, बहता ही जाता था, तिस पर भी वह हमेशा वहीं रहता था; वह हमेशा वैसे-का-वैसा रहता था; तिस पर भी हर पल वह नया पानी था। कौन इसको समझ सकता था, बूझ सकता था? वह इसे नहीं समझता था; उसे बस एक हल्के-से अनुमान का आभास था, एक धूमिल-सी स्मृति, एक दैवी स्वर।

सिद्धार्थ उठा; भूख की कचोट बरदाश्त के बाहर हो चली थी। वह तकलीफ़

के साथ नदी के किनारे-किनारे भटकता रहा, पानी की कल-कल ध्वनि सुनता रहा, अपने शरीर में भूख की चुभन सुनता रहा।

जब वह घाट पर पहुँचा तो नाव पहले ही वहाँ मौजूद थी और केवट, जो कभी युवा श्रमण को पार ले गया था, नाव में खड़ा था। सिद्धार्थ ने उसे फिर से पहचान लिया। उसकी भी उमर काफ़ी हो गई थी।

''क्या तुम मुझे पार ले चलोगे?'' उसने पूछा।

इतने प्रतिष्ठित दिखाई देनेवाले आदमी को पाँव-पैदल देखकर चकित केवट ने उसे नाव में सवार कराया और चल दिया।

''तुमने एक शानदार ज़िन्दगी चुनी है,'' सिद्धार्थ ने कहा। ''इस नदी के पास रहना और हर रोज़ इस पर नाव खेना अच्छा होगा।''

धीमे-धीमे लहराते हुए केवट मुस्कराया।

''अच्छा तो है, भन्ते, जैसा आपने कहा, लेकिन क्या हर ज़िन्दगी, हर काम अच्छा नहीं है?''

''हो सकता है, लेकिन मुझे तुम्हारे काम के सिलसिले में तुमसे ईर्ष्या होती है।''

''अरे, आप बहुत जल्दी इससे ऊब जाएँगे। यह अच्छे कपड़े पहने लोगों के लिए नहीं है।''

सिद्धार्थ हँसा, ''आज मुझे पहले ही अपने कपड़ों से आँका गया है और सन्देह से देखा गया है। क्या तुम मुझसे ये कपड़े स्वीकार करोगे, जिन्हें मैं मुसीबत समझता हूँ? क्योंकि मैं तुम्हें बता दूँ कि मेरे पास कुछ भी पैसे नहीं हैं जो मैं तुम्हें पार उतारने के लिए दे सकूँ।''

''सज्जन, आप ठिठोली कर रहे हैं,'' केवट हँसा।

''मैं हँसी नहीं कर रहा, मेरे मित्र! एक बार पहले भी तुमने बिना पैसे लिये मुझे यह नदी पार कराई थी, सो आज भी वही करो और बदले में मेरे कपड़े ले लो।''

''भद्र, क्या फिर बिना कपड़ों के आगे जाएँगे?''

''मैं और आगे जाना पसन्द नहीं करूँगा। अच्छा होगा, अगर तुम मुझे कुछ पुराने कपड़े दे दो और मुझे यहाँ अपने सहायक के रूप में रख लो या अपने चेले के रूप में, क्योंकि मुझे नाव चलाना सीखना है।''

माँझी देर तक सिद्धार्थ के चेहरे को गौर से देखता रहा।

''मैं पहचान गया तुम्हें,'' उसने अन्ततः कहा। ''तुम एक बार मेरी झोंपड़ी

में सोये थे। बहुत दिन पहले की बात है, हो सकता है बीस बरस हो गए। मैं तुम्हें नदी के पार ले गया था और हम अच्छे दोस्तों की तरह विदा हुए थे। तुम श्रमण नहीं थे? मुझे तुम्हारा नाम याद नहीं है।''

''मेरा नाम सिद्धार्थ है और जब पिछली बार तुमने मुझे देखा तब मैं श्रमण था।''

''खुशी से आओ, सिद्धार्थ। मेरा नाम वासुदेव है। उम्मीद है, आज तुम मेरे पाहुन बनोगे और मेरी कुटिया में सोओगे भी और मुझे बताओगे कि तुम कहाँ से आए हो और अपने इन बढ़िया कपड़ों से क्यों थक गए हो।''

वे नदी के बीचों-बीच आ पहुँचे थे और तेज़ धारा की वजह से वासुदेव पहले से ज़्यादा दम लगाकर नाव खे रहा था। वह शान्ति के साथ चप्पू चला रहा था, मज़बूत बाँहों की मदद से, नाव के सिरे को ताकता हुआ।

सिद्धार्थ बैठे-बैठे उसे देखता रहा और याद करता रहा कि कभी श्रमणों के उन आखिरी दिनों में कैसे मन में इस आदमी के लिए लगाव जागा था। उसने कृतज्ञता के साथ वासुदेव का न्योता स्वीकार कर लिया। जब वे नदी तट पर पहुँचे, सिद्धार्थ ने नाव को घाट से बाँधने में माँझी की मदद की। फिर वासुदेव उसे अपनी कुटिया में ले गया, उसने उसे पानी और रोटी दी जिससे सिद्धार्थ ने आनन्द के साथ खाया और वे आम भी जो वासुदेव ने उसके सामने रखे।

बाद में, जब सूरज ढलने लगा, वे नदी के पास पेड़ के एक तने पर जा बैठे और सिद्धार्थ ने अपने जन्म और अपने जीवन के बारे में बताया और कैसे वासुदेव ने उसे हताशा की उन घड़ियों के बाद देखा था। कहानी देर रात तक चलती रही।

वासुदेव बहुत ध्यान से सुनता रहा; उसने सिद्धार्थ के जन्म और बचपन के बारे में, उसकी शिक्षा-दीक्षा के बारे में, उसके लक्ष्यों, उसकी इच्छाओं-आकांक्षाओं और ज़रूरतों के बारे में सब कुछ सुना। यह उस माँझी की एक सबसे बड़ी विशेषता थी कि उसे मालूम था कैसे सुना जाए, जो कम लोगों में पाई जाती है। बिना उसके एक शब्द कहे, बोलने वाले को महसूस होता कि वासुदेव एक-एक शब्द खामोशी से कान लगाए हुए आत्मसात करता है और उससे कुछ भी नहीं छूटता है। वह अधीरता से किसी चीज़ की न प्रतीक्षा करता, न प्रशंसा करता, न दोष धरता—वह बस सुनता। सिद्धार्थ को महसूस हुआ कि ऐसा सुनने वाले को पाना कितना अद्भुत था जिसे अपनी ज़िन्दगी, अपने उद्यमों, अपने दुखों में समाहित किया जा सके।

बहरहाल, अपनी कहानी के अन्त में जब सिद्धार्थ ने माँझी को नदी किनारे के पेड़ और अपनी गहरी हताशा के बारे में पवित्र ओम और इस बारे में बताया कि कैसे अपनी गहरी नींद के बाद उसने नदी के लिए इतना प्यार महसूस किया था तब माँझी ने दुगने ध्यान से उसकी बातें आँखें बन्द किये सुनीं, पूरी तरह तल्लीन होकर।

जब सिद्धार्थ बात खत्म कर चुका और देर तक चुप्पी रही तो वासुदेव ने कहा, ''वैसा ही है जैसा मैंने सोचा था; नदी ने तुमसे बात की है। वह तुम पर कृपालु भी है; वह तुमसे बोलती है। यह बहुत अच्छी बात है, बहुत अच्छी। मेरे साथ रहो, सिद्धार्थ, मेरे मित्र। कभी मेरी एक पत्नी थी, उसकी चारपाई मेरी चारपाई के बगल में बिछती थी, लेकिन वह बहुत पहले गुज़र गई। मैं लम्बे समय से अकेला ही रह रहा हूँ। आओ, मेरे साथ रहो; हम दोनों के लिए खाने और रहने के लिए हो जाएगा।''

''मैं तुम्हें धन्यवाद देता हूँ,'' सिद्धार्थ ने कहा, ''मैं तुम्हें धन्यवाद देता हूँ और स्वीकार करता हूँ। मैं तुम्हें इतनी अच्छी तरह सुनने के लिए धन्यवाद देता हूँ। बहुत कम लोग हैं जो सुनना जानते हैं और मैं ऐसे किसी आदमी को नहीं जानता जो तुम्हारी तरह ऐसा कर सके। मैं तुमसे इस सिलसिले में भी सीखूँगा।''

''तुम सीख जाओगे,'' वासुदेव ने कहा, ''लेकिन मुझसे नहीं। सुनना मुझे नदी ने सिखाया है; तुम भी उसी से सीखोगे। नदी सब कुछ जानती है; हम उससे सब कुछ सीख सकते हैं। तुमने नदी से यह पहले ही सीख लिया है कि नीचे की ओर जाना, डूबना, गहराइयों को खोजना अच्छा है। धनी और जाना-माना सिद्धार्थ अब एक केवट बनेगा; ज्ञानी ब्राह्मण सिद्धार्थ अब माँझी बनेगा। तुमने यह भी नदी से सीखा है। तुम दूसरी बात भी सीख जाओगे।''

काफ़ी देर की चुप्पी के बाद सिद्धार्थ ने कहा, ''कौन-सी दूसरी बात, वासुदेव?''

वासुदेव उठा। ''देर हो गई है,'' उसने कहा, ''चलो चलकर सोएँ। दूसरी बात क्या है, यह मैं तुम्हें नहीं बता सकता, मित्र। तुम जान जाओगे; शायद तुम पहले ही जानते हो। मैं पढ़ा-लिखा आदमी नहीं हूँ; मुझे नहीं मालूम बात कैसे की जाती है, सोचा कैसे जाता है। मुझे तो सिर्फ़ सुनना आता है और भक्ति आती है, इसके अलावा मैंने कुछ नहीं सीखा। अगर मैं बात कर सकता, पढ़ा सकता, तो शायद मैं शिक्षक होता, लेकिन जैसा कि है, मैं सिर्फ़ एक माँझी हूँ और उन सबके लिए यह नदी यात्रा के बीच में आई बाधा के सिवा और कुछ

नहीं रही है। वे पैसे और व्यापार के लिए, शादियों के लिए और धरम-करम के लिए यात्रा करते रहे हैं; नदी उनके रास्ते में पड़ी है और माँझी उन्हें इस बाधा को पार ले जाने के लिए वहाँ रहा है। लेकिन उन हज़ारों में कुछ ऐसे रहे हैं, चार या पाँच, जिनके लिए नदी बाधा नहीं थी। उन्होंने उसकी आवाज़ सुनी और उस पर ध्यान दिया और नदी उनके लिए पवित्र हो गई जैसे वह मेरे लिए है। चलो, अब सोएँ, सिद्धार्थ।''

सिद्धार्थ माँझी के साथ रहने लगा और नाव की देख-भाल करना सीख गया और जब घाट पर करने को कुछ न होता, वह वासुदेव के साथ धान के खेत में काम करता, लकड़ी इकट्ठा करता और केले के पेड़ों से फल तोड़ता। उसने सीखा कि चप्पू और डाँड़ कैसे बनाए जाएँ, नाव की मरम्मत कैसे की जाए और टोकरियाँ बनाई जाएँ। जो भी वह करता और सीखता, उससे उसे खुशी होती और दिन और महीने तेज़ी से गुज़रते गए। लेकिन जितना वासुदेव उसे सिखा सकता उससे ज्यादा वह नदी से सीखता। वह उससे निरन्तर सीखता। और बातों के अलावा उसने नदी से सुनना सीखा, स्थिर हृदय से सुनना, एक प्रतीक्षा करने वाली, उदार आत्मा के साथ, उद्वेग के बिना, कामना के बिना, बिना कोई फ़ैसला सुनावे, बिना कोई राय ज़ाहिर किए।

वह वासुदेव के साथ खुश-खुश रहता था और कभी-कभार उनमें शब्दों का लेन-देन होता, थोड़े-से और लम्बे समय तक विचारे गए शब्द। वासुदेव शब्दों का प्रेमी नहीं था। सिद्धार्थ बिरले ही उसे कुछ बोलने के लिए उकसा पाता।

उसने एक बार वासुदेव से पूछा, ''क्या तुमने यह रहस्य भी नदी से सीखा है; कि समय जैसी कोई चीज़ नहीं होती।''

वासुदेव के चेहरे पर एक खिली हुई मुस्कान फैल गई।

''हाँ, सिद्धार्थ,'' उसने कहा। ''क्या तुम्हारा मतलब यह है कि नदी उसी समय पर हर जगह है, स्रोत और मुहाने पर, झरने और घाट पर, धारा में, सागर में और पहाड़ों में, हर जगह और वर्तमान का अस्तित्व सिर्फ़ उसी के लिए है, न तो अतीत की छाया के लिए, न भविष्य की छाया के लिए?''

''यही है वह,'' सिद्धार्थ बोला, ''और जब मैंने उसे सीखा, मैंने अपनी ज़िन्दगी को दोबारा परखा और वह भी एक नदी थी और बालक सिद्धार्थ, प्रौढ़ सिद्धार्थ बूढ़े सिद्धार्थ को सिर्फ़ परछाइयों ने अलग कर रखा था, वास्तविकता ने नहीं। सिद्धार्थ के पिछले जीवन भी अतीत में नहीं थे और उसकी मृत्यु और ब्रह्म में वापसी भी भविष्य में नहीं है। कुछ भी नहीं था, कुछ भी नहीं रहेगा, हर चीज़

में वास्तविकता और उपस्थिति है।''

सिद्धार्थ उत्फुल्ल मन से बोला। इस खोज ने उसे बहुत खुश कर दिया था। तब फिर क्या सारा दुख समय में नहीं था, सारी आत्म-प्रताड़ना और आशंका समय में नहीं थी? क्या समय को जीतते ही, समय का निवारण करते ही, दुनिया की सारी मुश्किलें और सारी बुराई नहीं जीत ली जाती। सिद्धार्थ ने प्रफुल्लता से बात की थी, लेकिन वासुदेव उसे देखकर खिलकर मुस्कराता रहा और सिर हिलाकर अपनी सहमति व्यक्त करता रहा। उसने सिद्धार्थ के कंधे को सहलाया और फिर वापस अपने काम पर चला गया।

और एक बार फिर जब वर्षा ऋतु में नदी चढ़ गई और ऊँचे स्वर में गरजी तो सिद्धार्थ ने कहा, ''क्या यह सच नहीं है, मेरे मित्र, कि नदी के बहुत सारे स्वर हैं? क्या उसका स्वर सम्राट जैसा, योद्धा सरीखा, वृषभ सरीखा, रात के पखेरू जैसा, गर्भवती स्त्री और आहें भरते आदमी जैसा नहीं है, और हज़ार दूसरे स्वर?''

''ऐसा ही है,'' वासुदेव ने सिर हिलाया, ''सभी जीवित प्राणियों के स्वर उसके स्वर में है।''

''और तुम्हें पता है,'' सिद्धार्थ ने बात जारी रखी, ''कौन-सा शब्द यह बोलती है जब कोई इसके सभी दस हज़ार शब्द एक ही समय सुनने में सफल हो जाता है?''

वासुदेव प्रसन्नता से हँसा; वह सिद्धार्थ की तरफ़ झुका और उसने उसके कान में धीरे-से पवित्र ओम कहा। और यही वह शब्द था जो सिद्धार्थ ने सुना था।

समय के साथ उसकी मुस्कान माँझी की मुस्कान जैसी दिखने लगी, लगभग उतनी ही खिली हुई, लगभग उतनी ही प्रसन्नता-भरी, हज़ारों छोटी-छोटी झुर्रियों के बीच से उतनी ही दमकती हुई, उतनी ही बचकानी, उतनी ही जराग्रस्त। बहुत-से यात्री दोनों माँझियों को जब साथ-साथ देखते तो उन्हें भाई समझ लेते। अक्सर वे शाम के समय नदी के किनारे वाले पेड़ के तने पर मिलकर बैठते। दोनों खामोशी से पानी की आवाज़ सुनते, जो उनके लिए महज़ पानी नहीं था, बल्कि जीवन का स्वर था, अस्तित्व का, सतत 'होने' का, स्वर था। और कभी-कभी ऐसा होता कि नदी को सुनने के दौरान दोनों को एक-से विचार आते, शायद पिछले दिन की किसी बातचीत के या किसी यात्री के जिसकी किस्मत और परिस्थितियों के खयाल उनके दिमाग को घेरे रहते, या मृत्यु के, या उनके बचपन के; और जब नदी उसी पल में उनसे कोई अच्छी बात कहती, वे एक-दूसरे की तरफ़ देखते,

दोनों एक ही विचार में लीन, दोनों उसी प्रश्न के उसी उत्तर पर प्रसन्न।

नाव से और दोनों माँझियों से कुछ ऐसा निःसृत होता था जिसे बहुत-से मुसाफ़िर महसूस करते थे। कभी-कभी ऐसा भी होता कि कोई यात्री उनमें से किसी एक खेवनहार का चेहरा देखने के बाद अपने जीवन और परेशानियों के बारे में बात करने लगता, पाप स्वीकार करता, तसल्ली और सलाह की माँग करता। कभी-कभी यह भी होता कि कोई उनसे एक शाम बिताने की अनुमति चाहता ताकि नदी को सुन सके। ऐसा भी होता कि उत्सुकता से भरे लोग चले आते, जिन्हें बताया गया होता कि दो ज्ञानी पुरुष, जादूगर या पुण्यात्माएँ घाट पर रहते थे। उत्सुक लोग बहुत-से प्रश्न पूछते मगर उन्हें कोई उत्तर न मिलता और वे न तो वहाँ जादूगर पाते, न ज्ञानी पुरुष। उन्हें सिर्फ़ दो भले बूढ़े आदमी मिलते जो गूँगे जान पड़ते, कुछ अजीब और मूढ़। और ये उत्सुक जिज्ञासु लोग हँसते और कहते कि लोग कितने भोले और बुद्धू थे कि ऐसी बेतुकी अफ़वाहें फैलाते थे।

बरस बीतते गए और किसी ने उनकी गिनती नहीं की। फिर एक दिन कुछ भिक्षु आ पहुँचे, गौतम के अनुयायी, और उन्होंने नदी के पार ले जाए जाने की फ़रमाइश की। माँझियों को उनसे पता चला कि वे अपने महान शिक्षक के पास जितनी जल्दी हो सके, पहुँचना चाहते थे, क्योंकि यह खबर फैली हुई थी कि तथागत गम्भीर रूप से बीमार थे और जल्दी ही अपनी अन्तिम पार्थिव मृत्यु के बाद मोक्ष प्राप्त करने वाले थे। जल्दी ही भिक्षुओं का एक और दल आया और फिर एक और। इन भिक्षुओं के साथ-साथ अधिकतर दूसरे यात्री भी गौतम और उनकी आसन्न मृत्यु के अलावा और कोई बात नहीं कर रहे थे। और जैसे किसी सैनिक अभियान में या किसी राजा के अभिषेक पर लोग हर ओर से आ जुटते हैं, उसी तरह वे मधुमक्खियों के झुंड की तरह, किसी चुम्बक द्वारा इकट्ठा होकर वहाँ जा रहे थे जहाँ महान शाक्यमुनि बुद्ध अपनी मृत्यु-शय्या पर लेटे हुए थे, जहाँ यह महान घटना हो रही थी और जहाँ एक युग का उद्धारक अनन्तता में समाहित होने जा रहा था।

सिद्धार्थ ने इस दौरान उस मरते हुए मुनि के बारे में बहुत सोचा जिसकी आवाज़ ने हज़ारों में हलचल पैदा कर दी थी, जिसकी आवाज़ उसने स्वयं भी कभी सुनी थी, जिसके पावन मुख को उसने भी कभी विस्मय से निहारा था। वह लगाव के साथ उनके बारे में सोचता, मोक्ष के उनके मार्ग को याद करता और मुस्कराते हुए उन शब्दों को याद करता जो उसने कभी युवावस्था में तथागत

से कहे थे। उसे लगता कि वे अहंकार-भरे उद्दण्ड शब्द थे। एक लम्बे समय तक उसे मालूम था कि वह गौतम से अलग नहीं हुआ था, हालाँकि वह उनके सिद्धान्तों को स्वीकार नहीं कर सकता था। नहीं, एक सच्चा अन्वेषक किसी प्रकार के सिद्धान्त नहीं स्वीकार कर सकता था, अगर उसमें सचमुच निष्ठा के साथ कुछ खोजने की आकांक्षा थी। लेकिन जिसने पा लिया था, वह हर मार्ग, हर लक्ष्य का, अनुमोदन कर सकता था; कुछ भी उसे उन दूसरे हज़ारों से अलग नहीं करता था जो अन्तता में निवास करते थे, दिव्यता में साँस लेते थे।

एक दिन जब बहुत सारे लोग मरणासन्न बुद्ध के पास जाने के लिए तीर्थयात्रा कर रहे थे, कमला भी, जो कभी एक अत्यन्त सुन्दर गणिका थी, यात्रा पर निकल पड़ी। उसने अर्सा पहले अपनी पिछली जीवन-शैली से अवकाश ले लिया था, गौतम की शिक्षा में शरण लेते हुए अपनी वाटिका गौतम के भिक्षुओं को भेंट कर दी थी और तीर्थयात्रियों के साथ जा रही स्त्रियों और शुभाकांक्षियों में शामिल थी। गौतम की आसन्न मृत्यु के बारे में सुनकर वह सीधे-सादे कपड़े पहनकर अपने बेटे के साथ पाँव-पैदल निकल पड़ी थी। रास्ते में वे नदी तक पहुँच गए थे, लेकिन लड़का जल्दी ही थक गया; वह घर जाना चाहता था, आराम करना चाहता था, कुछ खाना चाहता था। अकसर वह रूठ जाता और आँखों में आँसू ले आता। कमला को अक्सर रुककर उसके साथ विश्राम करना पड़ता। लड़का कमला की इच्छाओं के खिलाफ़ अपनी मनमर्ज़ी करने का आदी था। कमला को उसे खिलाना-पिलाना, दुलराना और डाँटना पड़ता। बालक यह समझ नहीं पा रहा था कि उसकी माँ को एक अनजान जगह की ओर, एक अजनबी आदमी के पास, जो पूज्य था और मर रहा था, वह थकाऊ, कष्ट-भरी तीर्थयात्रा क्यों करनी पड़ रही थी। मरने दो उसे—लड़के को क्या फर्क पड़ता था?

तीर्थयात्री वासुदेव की नाव से बहुत दूर नहीं थे, जब नन्हे सिद्धार्थ ने अपनी माँ से कहा वह विश्राम करना चाहता था। कमला खुद भी थक गई थी और जिस बीच बच्चा एक केला खा रहा था, वह ज़मीन पर दुबककर बैठ गई और अपनी आँखें आधी बन्द करके आराम करने लगी। लेकिन अचानक उसने एक पीड़ा-भरी चीख मारी। चौंककर बच्चे ने उसकी तरफ़ देखा और पाया कि कमला का चेहरा भय से निर्वर्ण है। उसके कपड़ों के नीचे से एक छोटा काला साँप, जिसने उसे डस लिया था, रेंगता हुआ चला गया।

वे दोनों जल्दी से आगे को भागे ताकि कुछ लोगों तक पहुँच जाएँ। जब वे नौका के पास थे, कमला गिर पड़ी और उससे आगे नहीं जा पाई। बच्चा

अपनी माँ को चूमते और भींचते हुए मदद के लिए चिल्लाने लगा। कमला ने भी उसकी ऊँची-ऊँची चीखों में अपनी आवाज़ मिलाई जब तक कि उनकी आवाज़ें वासुदेव तक न पहुँचीं जो नाव के पास खड़ा था। उसने जल्दी से आकर स्त्री को अपनी बाँहों में उठाया और उसे नाव तक लाया। लड़का भी उससे आ मिला और जल्दी ही वे कुटिया पर आ पहुँचे जहाँ सिद्धार्थ मौजूद था और आग जला ही रहा था। उसने आँखें उठाईं और सबसे पहले लड़के का चेहरा देखा जिसने विचित्र ढंग से उसे किसी बात की याद कराई। फिर उसने कमला को देखा जिसे उसने तत्काल पहचान लिया, हालाँकि वह माँझी की बाँहों में बेहोश पड़ी थी। फिर उसे यह बोध हुआ कि यह उसी का बेटा था जिसके चेहरे ने उसे किसी चीज़ की इतनी याद कराई थी और उसका दिल तेज़ी से धड़कने लगा।

कमला के घाव को धो दिया गया, लेकिन वह पहले ही काला पड़ चुका था और उसकी देह सूज गई थी। उसे एक संजीवनी दी गई और उसकी चेतना लौटी। वह सिद्धार्थ की कुटिया में उसकी चारपाई पर लेटी हुई थी और सिद्धार्थ, जिसे उसने कभी इतना प्यार किया था, उस पर झुका हुआ था।

उसने सोचा वह सपना देख रही है और मुस्कराते हुए उसने अपने प्रेमी के चेहरे को निहारा। धीरे-धीरे उसे अपनी स्थिति का आभास हुआ, साँप के काटने की याद आई और उद्विग्न होकर उसने अपने बेटे को आवाज़ दी।

''चिन्ता मत करो,'' सिद्धार्थ बोला, ''वह यहीं है।''

कमला ने उसकी आँखों में देखा। शरीर में फैले ज़हर की वजह से उसे बोलने में कठिनाई हो रही थी। ''तुम बूढ़े हो गए हो, प्यारे,'' वह बोली, ''तुम्हारे बाल पक गए हैं, लेकिन तुम उसी युवा श्रमण की तरह हो, जो बहुत दिन पहले मेरी वाटिका में मेरे पास आया था, बिना परिधान के, धूल-भरे पाँव लिये। जब तुम कामस्वामी और मुझे छोड़कर आए थे, उसकी तुलना में तुम कहीं ज़्यादा उस जैसे हो। तुम्हारी आँखें वैसी ही हैं, सिद्धार्थ। आह, मेरी भी उमर बढ़ गई है—क्या तुमने मुझे पहचान लिया था?''

सिद्धार्थ मुस्कराया। ''मैंने तुम्हें तत्काल पहचान लिया था, कमला!''

कमला ने अपने बेटे की तरफ़ इशारा किया, ''क्या तुमने इसे भी पहचाना? यह तुम्हारा बेटा है।''

उसकी आँखें फड़फड़ाईं और बन्द हो गईं। लड़का रोने लगा। सिद्धार्थ ने उसे अपने घुटने पर बैठा लिया, और उसके बाल सहलाते हुए उसे रोने दिया। बच्चे के चेहरे को देखते हुए उसे ब्राह्मणों की एक प्रार्थना याद आई जिसे उसने

सीखा था जब वह खुद एक छोटा-सा बच्चा था। धीरे-धीरे और गाती हुई आवाज़ में वह उसका पाठ करने लगा; उसके बचपन और अतीत से उस प्रार्थना के शब्द उसे याद आते गए। उसके पाठ करने के दौरान बच्चा खामोश हो गया, कुछ देर सुबकियाँ लेता रहा, फिर सो गया। सिद्धार्थ ने उसे वासुदेव की चारपाई पर लिटा दिया। वासुदेव चूल्हे के पास खड़ा चावल उबाल रहा था। सिद्धार्थ ने उसे देखा और वासुदेव उसे देखकर मुस्कराया।

''वह मर रही है,'' सिद्धार्थ ने मद्धिम स्वर में कहा।

कमला ने सिर हिलाया। चूल्हे की आग उसके ममता-भरे चेहरे में प्रतिबिंबित हो रही थी।

कमला को फिर होश आ गया। उसके चेहरे पर पीड़ा थी; सिद्धार्थ ने उसके मुँह पर, उसके फीके पड़ गए चेहरे पर, पीड़ा को पढ़ लिया। उसने उसे खामोशी से, ध्यान से, प्रतीक्षा करते हुए, उसकी वेदना में हिस्सा बँटाते हुए पढ़ा। कमला को इसका आभास था; उसकी नज़र ने सिद्धार्थ की निगाहों को खींचा।

उसकी तरफ़ देखते हुए वह बोली : ''अब मैं देख पाती हूँ कि तुम्हारी आँखें भी बदल गई हैं। वे काफ़ी कुछ अलग-सी हो गई हैं। मैं कैसे पहचानूँ कि तुम अब भी सिद्धार्थ हो? तुम सिद्धार्थ हो और इस पर भी तुम सिद्धार्थ नहीं हो।''

सिद्धार्थ ने कुछ नहीं कहा; खामोशी से वह उसकी आँखों में देखता रहा।

''क्या तुम्हें वह मिल गई है?'' उसने पूछा। ''क्या तुम्हें शान्ति मिल गई है?''

वह मुस्कराया और उसने अपना हाथ कमला के हाथ पर रख दिया।

''हाँ,'' वह बोली, ''मैं देख सकती हूँ। मुझे भी शान्ति मिल जाएगी।''

''तुम्हें मिल गई है,'' सिद्धार्थ फुसफुसाया।

कमला एकटक उसे देखती रही। उसका इरादा था कि तीर्थयात्रा पर गौतम के पास जाए, तथागत का चेहरा देखने के लिए, उनकी शान्ति का थोड़ा-सा हिस्सा पाने के लिए और उनकी जगह उसने सिद्धार्थ को पाया था और यह अच्छा था, उतना ही अच्छा, मानो उसने उस दूसरे को देखा होता। वह उसे यह बताना चाहती थी, पर अब उसकी जीभ उसकी इच्छा का पालन नहीं कर रही थी। खामोशी से वह उसे देखती रही और सिद्धार्थ ने जीवन को उसकी आँखों से लुप्त होते देखा। जब अन्तिम पीड़ा उसकी आँखों में भर कर वहाँ से गुज़र गई, जब अन्तिम कँपकँपी उसकी देह को झकझोर कर शान्त हो गई, तब सिद्धार्थ की उँगलियों ने उसकी पलकें मूँद दीं।

वह काफ़ी देर तक वहाँ बैठा उसके मृत चेहरे को देखता रहा। देर तक उसने उसके मुँह पर नज़रें गड़ाए रखीं, उसके बूढ़े थके चेहरे पर और सिकुड़ गए होंटों पर, और याद किया कि कभी कैसे उसने, अपने जीवन के वसन्त में, उसके होंटों की उपमा ताज़ी कटी अंजीर से दी थी। बहुत देर तक वह आँखें गड़ाकर उस निर्वर्ण चेहरे को, थकी हुई झुर्रियों को, देखता रहा और उसने खुद भी अपने चेहरे को उसी रूप में देखा, उतना ही श्वेत और मृत। और उसी समय उसने अपने और उसके चेहरे को देखा, यौवन से भरपूर, लाल होंटों वाला, उत्साह-भरी आँखों के साथ और वह इस भावना से अभिभूत हो गया कि यह सब अतीत में नहीं, वर्तमान में था, असली था। इस घड़ी में उसे और भी तीव्रता से हर जीवन की अनश्वरता का, हर पल की अनन्तता का, एहसास हुआ।

जब वह उठा तो वासुदेव उसके लिए थोड़े-से चावल बना चुका था, लेकिन सिद्धार्थ ने खाया नहीं। बाड़े में, जहाँ बकरी बँधी थी, दोनों बूढ़ों ने थोड़ा-सा पुआल बिछाया और वासुदेव लेट गया। लेकिन सिद्धार्थ बाहर चला गया और अपने जीवन के सभी चरणों से एक ही साथ प्रभावित और आच्छादित, अतीत में डूबा हुआ, नदी को सुनता, कुटिया के सामने सारी रात बैठा रहा। लेकिन समय-समय पर वह उठता, कुटिया के दरवाज़े तक जाता और यह सुनने के लिए कान लगाता कि लड़का सो रहा था या नहीं।

सुबह-सवेरे जब सूरज दिखाई नहीं दिया था, वासुदेव बाड़े से बाहर आया और अपने मित्र के पास पहुँचा।

"तुम सोये नहीं," उसने कहा।

"नहीं, वासुदेव, मैं यहाँ बैठा नदी को सुनता रहा। उसने मुझे बहुत कुछ बताया, उसने मुझे बहुत-से उत्कृष्ट विचारों से भर दिया, एकता के विचारों से।"

"तुमने दुख सहा है, सिद्धार्थ, तो भी मैं देखता हूँ कि दुख तुम्हारे दिल तक नहीं पहुँचा है।"

"नहीं, मित्र। मैं क्यों दुखी रहूँ? मैं जो धनी और खुश था अब और भी धनी और खुश बन गया हूँ। मेरा बेटा मुझे मिल गया है।"

"मैं भी तुम्हारे बेटे का स्वागत करता हूँ। लेकिन अब सिद्धार्थ, चलो, काम पर चलें, अभी बहुत कुछ करना है। कमला उसी चारपाई पर मरी जिस पर मेरी पत्नी मरी थी। हम कमला की चिता भी उसी पहाड़ी पर बनाएँगे जहाँ कभी मैंने अपनी पत्नी की चिता बनाई थी।"

जिस बीच लड़का सो रहा था, उन्होंने एक चिता बना दी।

पुत्र

भय-विजड़ित और रोते हुए, कमला के बेटे ने अपनी माँ का अन्तिम संस्कार होते देखा था; डरा हुआ और उदास वह सुनता रहा था जब सिद्धार्थ ने उसे अपना बेटा कहते हुए वासुदेव की कुटिया में उसके रहने का प्रबंध किया था। कई दिनों तक वह फीका, बुझा हुआ चेहरा लिये, मुर्दों की पहाड़ी पर बैठा रहा, दूर कहीं ताकता हुआ, अपने दिल के किवाड़ बन्द करता हुआ, अपने भाग्य के खिलाफ़ लड़ता और संघर्ष करता।

सिद्धार्थ ने उसके साथ समझ-बूझ से काम लिया था और उसे अकेला छोड़ दिया था, क्योंकि वह उसके दुख का सम्मान करता था। सिद्धार्थ यह समझता था कि उसका बेटा उसे नहीं जानता था, कि वह पिता के रूप में उसे प्यार नहीं कर सकता था। धीरे-धीरे उसने यह भी देखा और उसे यह बोध भी हुआ कि वह ग्यारह वर्षीय बालक, माँ का दुलारा और नरम बिस्तर का आदी था, नौकरों को आदेश देने का अभ्यस्त था। सिद्धार्थ समझता था कि वह बिगड़ा हुआ और शोक-सन्तप्त लड़का अचानक एक अपरिचित और गरीब जगह में सन्तुष्ट नहीं रह सकता था। सिद्धार्थ ने उस पर दबाव नहीं डाला; वह उसके लिए बहुत कुछ करता और हमेशा खाने-पीने के सबसे अच्छे निवाले उसके लिए बचाए रखता। धीरे-धीरे, मित्रता-भरे धीरज के बल पर उसने उसे जीतने की उम्मीद रख छोड़ी थी।

जब लड़का उसके पास आया था तो उसने खुद को धनी और प्रसन्न समझा था, लेकिन जैसे-जैसे समय बीता और लड़का प्रतिकूल और खिन्न बना रहा, या जब वह घमंड और अवज्ञा से भरा व्यवहार करता, जब वह कोई काम न करता, जब वह बड़े-बूढ़ों का आदर न करता और वासुदेव के पेड़ों से फल चुराता, तब सिद्धार्थ को यह एहसास होने लगा कि उसके बेटे के साथ कोई सुख और शान्ति

नहीं आई थी, बल्कि सिर्फ़ दुख और परेशानी। लेकिन वह उसे प्यार करता था और इस प्रेम के दुख और परेशानी को लड़के के बिना सुख-शान्ति की बनिस्बत पसन्द करता था।

चूँकि नन्हा सिद्धार्थ कुटिया में था, दोनों बूढ़ों ने काम बाँट लिया था। वासुदेव ने घाट का सारा काम सँभाल लिया था और सिद्धार्थ, अपने बेटे के पास बने रहने के लिए, कुटिया और खेतों में काम करता।

कई महीनों तक सिद्धार्थ इस उम्मीद में धीरज के साथ प्रतीक्षा करता रहा कि उसका बेटा उसे समझने लगेगा, कि वह उसका प्रेम स्वीकार करेगा और शायद उसे लौटाएगा भी। कई महीनों तक वासुदेव उसे देखता रहा, प्रतीक्षा करता रहा और खामोश रहा। एक दिन जब नन्हा सिद्धार्थ अपने पिता को अपनी अवज्ञा और क्रोध से तंग कर रहा था और उसने चावल के दोनों कटोरे तोड़ दिए थे, वासुदेव शाम के समय अपने मित्र को एक ओर ले गया और उसने उससे बात की।

"क्षमा करना," वह बोला। "मैं तुमसे एक मित्र के नाते बात कर रहा हूँ। मैं देख सकता हूँ कि तुम चिन्तित और दुखी हो। तुम्हारा बेटा, प्यारे मित्र, तुम्हें तंग कर रहा है और मुझे भी। यह युवा पखेरू एक अलग ज़िन्दगी, एक अलग घोंसले का आदी है। वह धन-सम्पदा से और नगर से उकताहट और घृणा की भावना से नहीं भागा, जैसा कि तुमने किया था; उसे ये सारी चीज़ें अपनी इच्छा के खिलाफ़ छोड़नी पड़ी हैं। मैंने नदी से पूछा है, मित्र, मैंने कई बार उससे पूछा है और नदी हँस दी है, वह मुझ पर हँसी है और वह तुम पर हँसी है; हमारी मूर्खता पर वह हँसते-हँसते लोट-पोट हो गई है। पानी तो पानी से मिलेगा, यौवन यौवन से। तुम्हारा बेटा इस जगह खुश नहीं रहेगा। तुम नदी से पूछो और सुनो वह क्या कह रही है।"

उद्विग्न सिद्धार्थ ने उस ममता-भरे चेहरे को देखा, जिसमें बहुत-सी भलमनसाहत-भरी झुर्रियाँ थीं।

"मैं उससे अलग कैसे होऊँ?" उसने नरमी से कहा। "मुझे अभी समय दो, प्यारे मित्र। मैं उसके लिए लड़ रहा हूँ, मैं उसके हृदय तक पहुँचने की कोशिश कर रहा हूँ। मैं उसे प्यार और धीरज से जीत लूँगा। नदी उससे भी किसी दिन बात करेगी। उसे भी बुलावा आया है।"

वासुदेव की मुस्कान में और भी गर्मी आ गई। "हाँ, बिलकुल," उसने कहा, "उसे भी बुलावा आया है; वह भी अनन्त जीवन का हिस्सेदार है। लेकिन क्या

तुम और मैं जानते हैं कि उसे किसका बुलावा आया है, किस पथ का, किन कर्मों का, किन दुखों का? उसके दुख भी हलके नहीं होंगे। उसका हृदय गर्वीला और कठोर है। शायद वह बहुत तकलीफ़ पाएगा, बहुत-सी गलतियाँ करेगा, काफ़ी अन्याय करेगा और बहुत-से पाप भी। बताओ मुझे मित्र, क्या तुम अपने बेटे को शिक्षित कर रहे हो? क्या वह आज्ञाकारी है? क्या तुम उसे मारते या दण्ड देते हो?''

''नहीं वासुदेव, मैं इनमें से कोई काम नहीं करता।''

''मैं जानता था। तुम उसके साथ कठोर नहीं हो, तुम उसे दण्ड नहीं देते, तुम उसे आदेश नहीं देते, क्योंकि तुम जानते हो कि कठोरता की तुलना में कोमलता अधिक शक्तिशाली है कि चट्टान की बनिस्बत पानी अधिक शक्तिशाली है, कि बल की तुलना में प्रेम अधिक शक्तिशाली है। बहुत अच्छी बात है, मैं तुम्हारी प्रशंसा करता हूँ। लेकिन क्या उसके प्रति कठोरता से काम न लेना, उसे दण्ड न देना, शायद तुम्हारी तरफ़ से भूल नहीं है? क्या तुम अपने प्रेम से उसे बाँधते नहीं हो? तुम रोज़ अपनी भलाई और धैर्य से क्या उसे लज्जित नहीं करते और उसके लिए और भी कठिनाई नहीं पैदा करते? तुम इस अहंकारी, बिगड़े हुए बालक को दो बूढ़े, केला खाने वालों के साथ एक कुटिया में रहने के लिए विवश नहीं करते, जिनके लिए चावल भी पकवान है, जिनके विचार उस जैसे नहीं हो सकते, जिनके हृदय बूढ़े और ठण्डे हैं और उसके हृदय की तुलना में अलग ढंग से धड़कते हैं? क्या इस सबसे वह अवरुद्ध और दण्डित नहीं है?''

सिद्धार्थ ने चकराकर ज़मीन की तरफ़ देखा। ''तुम्हारे खयाल में मुझे क्या करना चाहिए?'' उसने कोमल स्वर में पूछा।

वासुदेव ने कहा, ''उसे नगर में ले जाओ; उसे उसकी माँ के घर ले जाओ। वहाँ नौकर-चाकर होंगे; उसे उनके पास ले जाओ। और अगर अब वे वहाँ न हों तो उसे किसी गुरु के पास ले जाओ, केवल शिक्षा के लिए ही नहीं, बल्कि इसलिए कि वह दूसरे लड़के-लड़कियों से मिल सके और जिस संसार का वह है, उसमें रह सके। क्या तुमने कभी इस बारे में नहीं सोचा?''

''तुम मेरे दिल में झाँक सकते हो,'' सिद्धार्थ ने उदास भाव से कहा। ''मैंने अक्सर इसके बारे में सोचा है। लेकिन वह, जो इतना पत्थर-दिल है, कैसे इस संसार में चल पाएगा? क्या वह खुद को औरों से ऊँचा नहीं समझेगा, क्या वह खुद को आमोद-प्रमोद और शक्ति में खो नहीं देगा, क्या वह अपने पिता की सारी भूलों को नहीं दोहराएगा, क्या वह शायद संसार में गुम नहीं हो जाएगा?''

माँझी फिर मुस्कराया। उसने हल्के-से सिद्धार्थ की बाँह छुई और कहा, ''इसके बारे में नदी से पूछो, मित्र! सुनो उसे, इस बारे में उसकी हँसी सुनो! क्या तब तुम सचमुच यह समझते हो कि तुमने अपनी मूर्खताएँ इसलिए की हैं कि उनसे अपने बेटे को बचा सको? क्या तुम संसार से अपने बेटे की रक्षा कर सकते हो? कैसे? शिक्षा से, प्रार्थना से, आग्रह करके? मेरे प्यारे मित्र, क्या तुम ब्राह्मण के पुत्र सिद्धार्थ के बारे में उस शिक्षाप्रद कथा को भूल गए हो जो तुमने कभी मुझे यहाँ बताई थी? श्रमण सिद्धार्थ को संसार से, पाप से, लोभ और मूर्खता से किसने बचाया था? क्या उसके पिता की धर्मपरायणता, उसके गुरु की प्रेरणा, उसका अपना ज्ञान, उसकी अपनी खोज उसकी रक्षा कर पाई थी? कौन-सा पिता, कौन-सा गुरु उसे खुद अपनी ज़िन्दगी जीने से, जीवन से खुद को गन्दा करने से, खुद को पाप के बोझ से, खुद उस कड़वे पेय को पीने से, खुद अपना मार्ग खोजने से रोक सका? क्या तुम सोचते हो, प्यारे मित्र, कि इस मार्ग से कोई बच पाया है? तुम्हारे खयाल में शायद तुम्हारा नन्हा बेटा बच पायेगा, क्योंकि तुम उसे दुख और पीड़ा और मोहभंग से बचाए रखना चाहते हो? लेकिन अगर तुम दस बार भी उसके लिए मरते तो भी तुम उसकी नियति को रत्ती-भर नहीं बदल पाते।''

इतनी बातें वासुदेव ने कभी नहीं की थीं। सिद्धार्थ ने उसे मित्रता-भरे अन्दाज़ में धन्यवाद दिया, परेशान मन से अपनी कुटिया में गया, लेकिन सो नहीं सका। वासुदेव ने उसे ऐसा कुछ नहीं बताया था जो उसने पहले ही सोच न रखा था और खुद न जानता था। लेकिन उसके ज्ञान से अधिक शक्तिशाली था लड़के से उसका प्रेम, उसकी भक्ति, उसे खो देने का उसका भय। क्या उसने पहले कभी किसी को अपने हृदय में इतना स्थान दिया था, क्या उसने पहले कभी किसी को इतना प्यार किया था, इतना अन्धा-धुन्ध, इतने पीड़ादायक ढंग से, इतनी निराशा के साथ, तिस पर भी इतनी प्रसन्नता से?

सिद्धार्थ अपने मित्र की सलाह नहीं मान सकता था; वह अपने बेटे को छोड़ नहीं सकता था। उसने लड़के को छूट दी थी कि वह उस पर हुक्म चलाए, उसके प्रति अनादर दिखाए। वह चुप रहकर प्रतीक्षा कर रहा था; रोज़ाना वह भलमनसाहत और धीरज की निःशब्द लड़ाई लड़ता। वासुदेव भी चुप रहकर प्रतीक्षा कर रहा था, मैत्री, समझदारी और सहनशीलता के साथ। दोनों धीरज के माहिर थे।

एक बार जब लड़के का चेहरा देखकर उसे कमला का खयाल हो आया,

सिद्धार्थ को अचानक एक बात याद आई जो कमला ने कभी अर्सा पहले उससे कही थी। ''तुम प्यार नहीं कर सकते,'' उसने सिद्धार्थ से कहा था और वह उससे सहमत हुआ था। उसने अपनी तुलना सितारे से की थी और दूसरों लोगों की तुलना गिरती पत्तियों से। और इस पर भी सिद्धार्थ को कमला के शब्दों में थोड़ी-सी भर्त्सना का आभास हुआ था। यह सच था कि वह कभी किसी दूसरे व्यक्ति में इस हद तक नहीं खो गया था कि खुद को भुला बैठे; वह कभी किसी दूसरे के लिए प्रेम की मूर्खताओं में से होकर नहीं गुज़रा था। वह कभी ऐसा नहीं कर पाया था और तब उसे यह महसूस हुआ था कि यही उसके और आम लोगों के बीच सबसे बड़ा अन्तर था। लेकिन अब, जब से उसका बेटा यहाँ आया था, वह—सिद्धार्थ—पूरी तरह आम लोगों में से एक बन गया था, दुख के माध्यम से, प्यार के माध्यम से। वह बुरी तरह प्रेम में पागल था, प्यार के कारण मूर्ख बन गया था। अब उसने देर से ही सही, अपने जीवन में एक बार, उस सबसे शक्तिशाली और सबसे विचित्र आवेग को भी अनुभव किया था। वह उसकी वजह से गहरी पीड़ा महसूस करता, तिस पर भी वह ऊँचा उठता, किसी तरीके से दोबारा नया होकर, अधिक समृद्ध होकर।

वह महसूस करता कि सचमुच यह प्रेम, अपने बेटे के लिए यह अन्धा प्यार, एक बहुत मानवीय आवेग था, कि वह संसार था, गहरे पानी का हलचल-भरा सोता। इसी के साथ उसे यह अनुभूति भी होती कि वह निरर्थक नहीं था, कि वह आवश्यक था कि वह उसकी अपनी प्रकृति की देन था। यह भावना, यह पीड़ा, ये मूर्खताएँ भी अनुभव की जानी थीं।

इस बीच, उसके बेटे ने उसे अपनी मूर्खताएँ करने दीं, उसे प्रयास करने दिए, अपनी मर्ज़ी के आगे झुकने को मजबूर किया। उसके पिता में ऐसा कुछ भी नहीं था जो उसे आकर्षित करता और ऐसा कुछ भी नहीं जिससे वह डरता। यह पिता एक अच्छा आदमी था, दया से भरपूर नरम आदमी था, शायद एक धर्मपरायण आदमी था, शायद पवित्र आदमी था—लेकिन ये सब ऐसे गुण नहीं थे जो लड़के को जीत पाते। यह पिता जो उसे इस घटिया-सी कुटिया में रखता था, उसमें ऊब पैदा करता और जब वह उसके रूखेपन का जवाब मुस्करा कर, हर अपमान का जवाब भलमनसाहत से, हर शैतानी का जवाब दया से देता तो यह उस बुड्ढे सियार की सबसे घृणित चतुराई थी। अगर उसने लड़के को धमकाया होता, उसके साथ बुरा व्यवहार किया होता तो लड़के को ज़्यादा सही लगता। एक दिन नन्हे सिद्धार्थ ने जो उसके मन में था, वह कह दिया और खुले

तौर पर अपने पिता का विरोध किया। सिद्धार्थ ने उसे कुछ टहनियाँ इकट्ठी करने के लिए कहा था। लेकिन लड़का कुटिया के बाहर नहीं गया, वह वहीं खड़ा रहा, अवज्ञा से भरा और क्रुद्ध; उसने फ़र्श पर पैर पटके, मुट्ठियाँ कसीं और प्रचण्डता से अपने पिता के मुँह पर अपनी घृणा और तिरस्कार व्यक्त किया।

"अपनी टहनियाँ खुद जाकर लाओ," वह लाल-पीला होते हुए चिल्लाया। "मैं तुम्हारा नौकर नहीं हूँ। मुझे मालूम है तुम मुझे मारते नहीं; तुम्हारी हिम्मत नहीं है! लेकिन मुझे यह मालूम है कि तुम लगातार मुझे दण्ड देते हो और अपनी दया और कृपा से मुझे छोटा महसूस कराते रहते हो। तुम चाहते हो मैं तुम्हारे जैसा हो जाऊँ, इतना धर्मपरायण, इतना कोमल, इतना समझदार, लेकिन सिर्फ़ तुम्हें नीचा दिखाने के लिए मैं तुम जैसा बनने की बजाय एक चोर और हत्यारा बनना और नरक में जाना पसन्द करूँगा। मैं तुमसे घृणा करता हूँ; तुम मेरे पिता नहीं हो, चाहे तुम बीस बार मेरी माँ के प्रेमी रहे हो।"

गुस्से और तकलीफ़ से भरकर अपने पिता को बेलगाम और क्रोध-भरी बातें सुनाकर ही उसे राहत का एहसास हुआ। फिर लड़का भाग खड़ा हुआ और शाम को देर गए वापस आया।

अगली सुबह वह गायब था। सरपत की बुनी एक छोटी-सी दोरंगी टोकरी भी गायब थी, जिसमें दोनों माँझी पार उतराई के भुगतान में मिले ताँबे और चाँदी के सिक्के रखा करते थे। नाव भी चली गई थी। सिद्धार्थ ने उसे परले किनारे पर देखा। लड़का भाग गया था।

"मुझे उसके पीछे जाना होगा," सिद्धार्थ ने कहा। वह उन कठोर शब्दों के कारण बहुत व्यथित था जो पिछले दिन लड़के ने उससे कहे थे। "कोई बच्चा अकेले वन को नहीं पार कर सकता; वह किसी मुसीबत में फँस जाएगा। हमें एक बेड़ा बनाना चाहिए वासुदेव, ताकि नदी पार कर सकें।"

"हम एक बेड़ा बनाएँगे," वासुदेव ने कहा, "ताकि अपनी नाव वापस ला सकें जिसे लड़का ले गया था। लेकिन उसे जाने दो, मित्र; वह अब बच्चा नहीं रहा; उसे अपनी देख-भाल करना आता है। वह नगर तक पहुँचने का रास्ता खोज रहा है और वह सही है। इसे मत भूलो। वह वही कर रहा है जिसे करने में तुमने कोताही की है। वह अपनी देख-भाल खुद कर रहा है; वह अपने रास्ते जा रहा है। आह, सिद्धार्थ, मैं देख सकता हूँ कि तुम तकलीफ़ में हो, तुम उस पीड़ा को सह रहे हो जिस पर किसी को हँसना चाहिए, जिस पर तुम खुद जल्दी ही हँसोगे।"

सिद्धार्थ ने जवाब नहीं दिया। उसने हाथ में पहले ही से कुल्हाड़ी ली हुई थी और वह बाँस से बेड़ा बनाने में जुट गया। वासुदेव ने उसे सरपत की रस्सी से बाँसों को बाँधने में मदद की। फिर वे उस पार जाने के लिए चले, धारा में बहुत दूर पहुँच गए, लेकिन उन्होंने बेड़े की दिशा सही करके उसे दूसरी तरफ़ पहुँचा ही दिया।

''तुम कुल्हाड़ी क्यों अपने साथ लाए हो?'' सिद्धार्थ ने पूछा।

वासुदेव ने कहा, ''हो सकता है कि हमारी नाव का डाँड़ खो गया हो।''

लेकिन सिद्धार्थ जानता था कि उसका मित्र क्या सोच रहा था—शायद लड़के ने डाँड़ को फेंक दिया हो या बदले की भावना से तोड़ दिया हो, ताकि वे उसका पीछा न कर पाएँ। और सचमुच नाव में कोई डाँड़ नहीं था। वासुदेव ने नाव के पेंदे की तरफ़ इशारा किया और अपने मित्र को देखकर मुस्कराया, मानो कह रहा हो; क्या तुम देख नहीं रहे हो कि तुम्हारा बेटा तुमसे क्या कहना चाहता है? क्या तुम देख नहीं रहे कि वह नहीं चाहता, उसका पीछा किया जाए? लेकिन वासुदेव ने शब्दों में यह सब नहीं कहा और नया डाँड़ बनाने में जुट गया। सिद्धार्थ ने लड़के को खोजने के लिए उससे विदा ली। वासुदेव ने उसे रोका नहीं।

काफ़ी देर वन में भटकने के बाद सिद्धार्थ को यह खयाल आया कि उसकी तलाश बेकार थी। उसने सोचा, या तो लड़का बहुत पहले ही वन से निकलकर नगर में पहुँच गया होगा या फिर अगर वह अब भी रास्ते में होगा तो अपना पीछा करने वाले से छिपा रहेगा। और जब उसने और विचारा तो उसने पाया कि वह अपने बेटे को लेकर परेशान नहीं था, कि अन्दर-ही-अन्दर यह जानता था कि लड़के को कोई नुकसान नहीं पहुँचा था, न उसे वन में किसी संकट की आशंका थी। इसके बावजूद, सिद्धार्थ सधी चाल से बढ़ता गया, अब लड़के को बचाने के लिए नहीं, बल्कि इस इच्छा से कि शायद वह उसे फिर से देख सके और वह चलते-चलते नगर के बाहरी हिस्से तक आ गया।

जब वह नगर के पास चौड़ी सड़क तक आ पहुँचा तो वह उस सुन्दर वाटिका के प्रवेश द्वार पर ठिठककर खड़ा हो गया जो किसी समय कमला की थी, जहाँ उसने पहली बार कमला को एक पालकी में देखा था। बीता समय उठकर उसकी आँखों के सामने आ गया। एक बार उसने खुद को वहाँ खड़े देखा, एक युवा, दाढ़ीवाला, अधनंगा श्रमण धूल-भरे बालों के साथ। सिद्धार्थ वहाँ देर तक खड़ा खुले हुए फाटक के अन्दर झाँकता रहा। उसने देखा कि वाटिका के सुन्दर पेड़ों के नीचे भिक्षु चहलकदमी कर रहे थे।

वह देर तक वहीं खड़ा रहा, सोचता हुआ, चित्र देखता हुआ, अपने जीवन की कहानी देखता हुआ। वह देर तक वहीं खड़ा भिक्षुओं को देखता रहा, उनकी जगह उसने युवक सिद्धार्थ और कमला को पेड़ों के नीचे टहलते देखा। साफ़-साफ़ उसने कमला से अपनी मुलाकात और अपने को उससे पहला चुम्बन पाते देखा। उसने देखा कि उसने कैसे अहंकार और उपेक्षा से पीछे मुड़कर अपने श्रमण काल को देखा था, उसने कैसे गर्व और आतुरता से अपना सांसारिक जीवन शुरू किया था। उसने कामस्वामी को, सेवकों को, उत्सवों को, पाँसे के खिलाड़ियों को, संगीतकारों को देखा। उसने पिंजरे में कमला की चिड़िया को देखा; उसने एक बार फिर उस सबको जिया, संसार की साँस ली, फिर बूढ़ा हो गया और थकान से भर उठा, फिर उकताहट महसूस की और मरने की इच्छा, एक बार फिर उसने पवित्र ओम को सुना।

वाटिका के फाटक पर काफी देर तक खड़े रहने के बाद, सिद्धार्थ को एहसास हुआ कि जो इच्छा उसे धकेलकर इस जगह ले आई थी, वह मूर्खतापूर्ण थी कि वह अपने बेटे की मदद नहीं कर सकता था, कि उसे खुद को अपने बेटे पर नहीं लादना चाहिए। उसे भागे हुए लड़के के लिए गहरा प्रेम महसूस हुआ, किसी बाप-सरीखा, और उसी के साथ यह भी महसूस किया कि यह घाव उसके अन्दर नासूर बनने के लिए नहीं था, बल्कि इसलिए कि वह पुर जाए।

चूँकि वह घाव उस वक्त के दौरान भरा नहीं, इसलिए वह दुखी और उदास था। उस लक्ष्य की जगह, जो उसे अपने बेटे के पीछे-पीछे यहाँ ले आया था, अब सिर्फ़ एक खालीपन था। उदास भाव से वह बैठ गया। उसने किसी चीज़ को अपने हृदय में मरते देखा; अब उसे आगे कोई सुख, कोई लक्ष्य नहीं दिख रहा था। वह बुझे मन से वहीं बैठा प्रतीक्षा करता रहा। उसने यह नदी से सीखा था; प्रतीक्षा करना, धैर्य करना, सुनना। वह धूल-भरे मार्ग में बैठा सुनता रहा, अपने हृदय को सुनता रहा जिसमें एक थकी हुई, उदास धड़कन थी और जो एक आवाज़ की प्रतीक्षा कर रहा था। वह वहीं दुबका रहा और घंटों तक सुनता रहा; अब वह कोई दृश्य नहीं देख रहा था, बस खालीपन में डूबता जा रहा था और बाहर निकलने का कोई रास्ता देखे बिना खुद को डूबने दे रहा था। और जब उसे घाव में टीस उठती महसूस होती, वह फुसफुसाकर ओम कहता, खुद को ओम से भर लेता। वाटिका में मौजूद भिक्षुओं ने उसे देखा और चूँकि वह कई घंटों तक वहीं बैठा रहा और उसके खिचड़ी बालों में धूल जमा हो गई, एक भिक्षु उसके पास आया और उसके सामने दो केले रख गया। बूढ़े आदमी ने

उसे नहीं देखा।

उसके कन्धे पर एक हाथ के स्पर्श ने उसे उसकी समाधि से जगाया। उसने इस नरम, भीरु स्पर्श को पहचाना और फिर से अपने होश सँभाले। वह उठा और उसने वासुदेव का स्वागत किया जो उसके पीछे-पीछे आ गया था। जब उसने वासुदेव का स्नेह-भरा चेहरा देखा, हँसने पर पड़ जानेवाली झुर्रियाँ देखीं और उसकी चमकीली आँखों में झाँका तो वह भी मुस्करा दिया। अब उसने अपने पास रखे दो केले देखे। उसने उन्हें उठाया, एक माँझी को दिया और दूसरा खुद खा लिया। फिर वह चुपचाप वासुदेव के साथ फिर से वन को पार करते हुए नाव तक गया। दोनों में से किसी ने जो हुआ था, उसकी चर्चा नहीं की; किसी ने लड़के का नाम नहीं लिया; किसी ने उसके भागने की बात नहीं की, न चोट की। कुटिया में पहुँचकर सिद्धार्थ अपने बिस्तर पर लेट गया और जब कुछ देर बाद वासुदेव उसे थोड़ा-सा नारियल पानी देने के लिए गया तो उसने सिद्धार्थ को सोता हुआ पाया।

ओम

चोट बहुत दिनों तक दुखती रही। सिद्धार्थ ऐसे बहुत-से लोगों को नदी के पार ले गया था जिनके साथ उनका बेटा या बेटी थी और वह उनमें से किसी को भी बिना उनसे ईर्ष्या किए नहीं देख पाता था, बिना यह सोचे : इतने सारे लोगों के पास यह बहुत भारी निधि, प्रसन्नता का गहन स्रोत है—मेरे पास क्यों नहीं? यहाँ तक कि दुष्ट लोगों, चोरों और लुटेरों के पास बच्चे होते हैं, वे उन्हें प्यार करते हैं और उनका प्यार पाते हैं, सिवा मेरे। अब सिद्धार्थ इतने बचकाने और अतार्किक ढंग से विचार करने लगा था; इतना अधिक वह आम लोगों सरीखा हो गया था।

अब वह लोगों को पहले की तुलना में एक अलग नज़रिये से आँकने लगा था : बहुत होशियारी से नहीं, बहुत गर्वीलेपन से नहीं और इसलिए और भी अधिक स्निग्ध, जिज्ञासा-भरा और सहानुभूतिपूर्ण।

अब जब वह आम किस्म के यात्रियों को पार ले जाता, व्यापारी, सैनिक और स्त्रियाँ, वे उसे पहले की तरह बिलकुल अजनबी न लगते। वह उनके विचारों और सोचने के तरीकों को समझता या मानता नहीं था, लेकिन वह उनके साथ जीवन की प्रेरणाओं और इच्छाओं में साझा करता था। हालाँकि उसने अपने अन्दर आत्मानुशासन का ऊँचा धरातल विकसित कर लिया था और अपनी आखिरी चोट को बखूबी बरदाश्त कर रहा था, अब वह महसूस करता था जैसे ये आम लोग उसके भाई-बन्धु हैं। उनके घमण्ड, उनकी इच्छाएँ और तुच्छताएँ अब उसे बेतुकी नहीं जान पड़ती थीं; वे बोधगम्य, प्रेम के योग्य, यहाँ तक कि आदर के काबिल भी बन गए थे। चाहे वह किसी माँ के भीतर अपने बच्चे के लिए अन्धा प्रेम हो, अपने एकमात्र बेटे के लिए अनुरागी पिता के हृदय में अन्धा, मूर्खतापूर्ण गर्व हो, गहनों और पुरुषों की प्रशंसा के लिए किसी गर्वीली युवती के अन्धे, आतुर प्रयास हों। ये सभी छोटी-छोटी सीधी-सादी, मूर्खतापूर्ण, लेकिन अत्यन्त

दृढ़, जीवन्त, आवेग-भरी प्रेरणाएँ सिद्धार्थ को अब क्षुद्र और मामूली नहीं लगती थीं। उसने लोगों को उन्हीं के लिए जीते और महान काम करते, यात्राओं पर जाते, युद्ध छेड़ते, भारी कष्ट सहते देखा था और वह इसके लिए उन्हें प्यार करता था। उनकी इच्छाओं और ज़रूरतों में वह जीवन, प्राणशक्ति, अनश्वरता और ब्रह्म के दर्शन करता। ये लोग अपनी अन्धी निष्ठा, अन्धी शक्ति और लगन के चलते प्रेम और प्रशंसा के पात्र थे। एक छोटी-सी चीज़, एक अत्यन्त सूक्ष्म चीज़ के सिवा उनमें ऋषियों और मुनियों की तुलना में कोई कमी नहीं थी और वह थी सारे जीवों की एकता की चेतना। और बहुत बार तो सिद्धार्थ को यह भी सन्देह होता कि यह ज्ञान, यह विचार, इतना अधिक मूल्यवान था भी या नहीं, क्या वह भी शायद विचारकों की बचकानी आत्म-प्रशंसा तो नहीं थी जो कदाचित सोचने वाले बच्चे ही थे। सांसारिक जन दूसरे सभी मामलों में विचारकों के बराबर थे और अक्सर उनसे बेहतर भी थे, ठीक वैसे ही जैसे पशु आवश्यकता के समय अपने दृढ़, अडिग कार्यों में अक्सर मनुष्यों से उच्चतर जान पड़ते हैं।

सिद्धार्थ के अन्दर धीरे-धीरे यह ज्ञान बढ़ा और विकसित हुआ कि विवेक और बुद्धि और उसकी लम्बी खोज का लक्ष्य वास्तव में क्या था। वह आत्मा की तैयारी के सिवा और कुछ नहीं था, एक निपुणता, जीवन के हर पल एकता के विचारों को सोचने, महसूस करने और उनमें साँस लेने की रहस्यमय कला। यह विचार उसके अन्दर धीरे-धीरे पका और वासुदेव के बूढ़े, बच्चों-जैसे चेहरे में उसकी झलक दिखती थी; सामंजस्य, संसार की अनन्त परिपूर्णता और एकता।

लेकिन चोट अब भी टीसती थी। सिद्धार्थ अपने बेटे के बारे में लालसा और कटुता से सोचता, उसके प्रति अपने प्रेम और कोमलता की भावना को पाले रखता, पीड़ा की कचोट सहता और प्रेम की सभी मूर्खताओं से गुज़रता। उसके अन्दर जलती लौ आप-से-आप बुझी नहीं थी।

एक दिन जब चोट बुरी तरह टीस रही थी, लालसा और उत्कंठा से ग्रस्त सिद्धार्थ नाव को खे कर दूसरे किनारे पर ले गया और अपने बेटे की खोज में नगर तक जाने के उद्देश्य से उतर गया। नदी अपनी धीर-गंभीर गति से बह रही थी। सूखे मौसम के दिन थे, लेकिन अजीब ढंग से उसकी आवाज़ गूँज रही थी, वह हँस रही थी, वह स्पष्ट रूप से हँस रही थी। नदी बूढ़े माँझी पर साफ़-साफ़ और मस्ती से हँस रही थी। सिद्धार्थ निश्चल खड़ा रहा; वह बेहतर ढंग से सुनने के लिए पानी पर झुका। उसने धीमी गति से बहते पानी में अपने चेहरे की परछाई देखी और इस झलक में कुछ ऐसा था जिसने उसे ऐसी बात की याद कराई जिसे वह भुला चुका था और जब उसने उस पर विचार किया तो उसे याद हो आई।

उसका चेहरा एक ऐसे व्यक्ति के चेहरे से मेल खाता था जिसे कभी वह जानता था, प्यार करता था और यहाँ तक कि जिससे वह डरता भी था। वह उसके ब्राह्मण पिता का चेहरा था जिससे उसका चेहरा अब मेल खाने लगा था। उसे याद आया कि कैसे जब वह एक युवक था उसने अपने पिता को विवश किया था कि वे उसे जा कर तपस्वियों में शामिल होने दें, कैसे उसने उनसे विदा ली थी, कैसे वह चला आया था और फिर कभी वापस नहीं गया था। क्या उसके पिता ने वही पीड़ा नहीं सही थी जो अब वह अपने बेटे के लिए सह रहा था? क्या उसके पिता भी एक लम्बा अर्सा पहले बिना अपने बेटे को दोबारा देखे, अकेले, गुज़र नहीं गए थे? क्या उसे भी उसी नियति की अपेक्षा नहीं थी? क्या यह एक प्रहसन नहीं था, एक अजीब और गूढ़ बात, यह दोहराव, भाग्य-चक्र का यह घटना-क्रम?

नदी हँसती थी। हाँ, ऐसा ही था यह सब। हर चीज़ जो अन्त तक भोग कर अन्ततः समाप्त नहीं की जाती थी, दोबारा होती थी और वही-वही दुख फिर से सहे जाते थे। सिद्धार्थ फिर से नाव में सवार हुआ और अपने पिता के बारे में सोचता हुआ, अपने बेटे के बारे में सोचता हुआ, नदी को अपने ऊपर हँसते सुनता हुआ, अपने आप से लड़ता हुआ, हताशा के कगार पर लटका हुआ और अपने ऊपर और सारी दुनिया के ऊपर ऊँची आवाज़ में हँसने की वैसी ही इच्छा के साथ नाव को खेकर वापस कुटिया तक ले आया। चोट अब भी दुख रही थी, वह अब भी अपनी नियति से विद्रोह कर रहा था। अभी तक कोई शान्ति और अपनी वेदना पर विजय नहीं थी। फिर भी उसे आशा थी और जब वह कुटिया में लौटा तो उसके अन्दर वासुदेव के आगे आत्म-स्वीकार करने, सब कुछ खोल देने, उस आदमी को सब कुछ बताने की अदम्य इच्छा भरी हुई थी जिसे सुनने की कला आती थी।

वासुदेव कुटिया में बैठा एक टोकरी बुन रहा था। अब वह नाव खेने का काम नहीं करता था, उसकी आँखें कमज़ोर हो चली थीं, उसकी बाँहें और हाथ भी, लेकिन उसके चेहरे से झलकती खुशी और शान्त मंगलभावना वैसी ही अपरिवर्तित और दमकती हुई थी। सिद्धार्थ बूढ़े माँझी के पास बैठ गया और धीरे-धीरे बोलने लगा। उसने अब उसे वह सब बताया जिसकी चर्चा उसने पहले कभी नहीं की थी—कैसे वह उस समय नगर में गया था, अपनी टीसती चोट के बारे में, प्रसन्न पिताओं को देखकर अपनी ईर्ष्या के बारे में, ऐसी भावनाओं की मूर्खता के बारे में, अपने साथ अपनी विफल लड़ाई के बारे में। उसने सब कुछ बता डाला, वह उसे सब कुछ बता सकता था। सबसे पीड़ादायक बातें भी;

वह सब कुछ खोलकर रख सकता था। उसने अपनी चोट बताई, उस दिन अपने भाग जाने का किस्सा बताया, कैसे वह नाव खेकर नगर में जाने के उद्देश्य से नदी के पार गया था और कैसे नदी हँसी थी।

जैसे-जैसे वह बोलता गया और वासुदेव निरुद्विग्न शान्त चेहरा लिये उसे सुनता रहा, सिद्धार्थ को पहले की तुलना में कहीं अधिक तीव्रता से वासुदेव की दत्तचित्तता का आभास हुआ। उसने अपनी परेशानियों, चिन्ताओं और गुप्त आशाओं को बह कर वासुदेव तक जाते और फिर लौटते महसूस किया। अपने घाव को अपने सुनने वाले के सामने प्रकट करना वैसा ही था जैसे उसे नदी में धोना जब तक कि वह ठंडा होकर नदी से एकमेक न हो जाए। जैसे-जैसे वह बोलता और आत्म-स्वीकार करता गया, सिद्धार्थ को इस बात का उत्तरोत्तर और भी एहसास हुआ कि वह अब वासुदेव नहीं रह गया था, वह अब वह आदमी नहीं रह गया था जो उसे सुन रहा था। उसे महसूस हुआ कि यह निश्चल श्रोता उसकी आत्म-स्वीकृति को ऐसे सोख रहा था जैसे कोई पेड़ वर्षा को सोखता है, कि यह निश्चल व्यक्ति स्वयं नदी था कि वह स्वयं ईश्वर था, कि वह अनन्तता था। जैसे-जैसे सिद्धार्थ ने अपने और अपनी चोट के बारे में सोचना बन्द किया, वासुदेव में आए इस परिवर्तन की पहचान उस पर हावी होती चली गई और जितना अधिक उसे इसका आभास होता, उतना ही कम विचित्र वह उसे पाता; जितना अधिक उसे यह आभास होता कि हर चीज़ स्वाभाविक और यथाक्रम थी, कि वासुदेव बहुत दिनों से, हमेशा ही से ऐसा रहा था; बस उसी ने इसे अनुभव नहीं किया था; वास्तव में वह खुद उससे बहुत कम अलग था। उसने महसूस किया कि वह अब वासुदेव को उस रूप में ग्रहण करता था जैसे लोग देवताओं को और यह कि ऐसा हमेशा नहीं रह सकता था। अन्दर-ही-अन्दर उसने वासुदेव से विदा लेना शुरू कर दिया। इस बीच उसने बोलना जारी रखा।

जब वह अपनी बात खत्म कर चुका तो वासुदेव ने अपनी कुछ-कुछ कमज़ोर हो गई निगाह उसकी तरफ़ फेरी। उसने कुछ कहा नहीं, लेकिन उसके चेहरे से प्रेम और शान्ति, समझदारी और ज्ञान की किरणें चुपचाप फूट रही थीं। उसने सिद्धार्थ का हाथ थामा, नदी किनारे बैठने की जगह पर ले गया, उसकी बगल में बैठा और नदी को देखकर मुस्कराया।

''तुमने उसे हँसते सुना है,'' उसने कहा, ''लेकिन तुमने सब कुछ नहीं सुना है। आओ सुनें; तुम और सुनोगे।''

वे सुनते रहे। कई सुरों वाला नदी का गीत हल्के-हल्के गूँजता रहा। सिद्धार्थ ने नदी में झाँका और बहते हुए पानी में अनेक छवियाँ देखीं। उसने अपने पिता

को देखा, अकेला, अपने बेटे के लिए शोक मनाते; उसने खुद को भी देखा, वह भी अकेला, जीवन की इच्छाओं के जलते हुए पथ पर उत्साह के साथ बढ़ते हुए, हरेक अपने लक्ष्य पर एकाग्र, हरेक अपने लक्ष्य के वशीभूत, हरेक तकलीफ़ पाता हुआ। नदी का स्वर करुण था। वह लालसा और अवसाद से भरकर गा रही थी, अपने लक्ष्य की ओर बहती हुई।

“क्या तुम सुन रहे हो?” वासुदेव की निःशब्द दृष्टि ने पूछा। सिद्धार्थ ने सिर हिलाया।

“और अच्छी तरह सुनो!” वासुदेव फुसफुसाया।

सिद्धार्थ ने और अच्छी तरह सुनने की कोशिश की। उसके पिता की छवि, उसकी अपनी छवि और उसके बेटे की छवि सब बहकर एक-दूसरे में मिल गई। कमला की छवि भी प्रकट हुई और आगे को बह गई। वे सब नदी का हिस्सा बन गए। यह उन सभी का लक्ष्य था, व्याकुल होना, इच्छा करना, तकलीफ़ सहना; और नदी का स्वर लालसा से भरा था, टीसते दुख से भरा, तृप्त न होने वाली इच्छा से भरा, तृष्णा से भरा। नदी अपने लक्ष्य की ओर बही जा रही थी। सिद्धार्थ ने नदी की शीघ्रता को देखा, जिसमें वह और उसके संबंधी और वे सारे लोग शामिल थे जिन्हें उसने कभी देखा था। सारी लहरें और पानी जल्दी में था, तकलीफ़ज़दा, मंज़िलों, बहुत-सी मंज़िलों की ओर, झरने की ओर, सागर की ओर, धारा की ओर, महासागर की ओर और सभी मंज़िलें हासिल कर ली गई थीं और हर मंज़िल के बाद दूसरी आती रही। पानी भाप बना और उठा, बारिश बना और फिर नीचे आया, सोता, नाला और नदी बना, फिर से बदला, फिर से बहा। लेकिन वह सालस, आकुल स्वर बदल चुका था। वह अब भी शोकाकुल, खोजता हुआ-सा गूँज रहा था, लेकिन दूसरे स्वर उससे आ मिले थे, खुशी और दुख के स्वर, भले और दुष्ट स्वर, हँसते और दुख मनाते स्वर, सैकड़ों स्वर, हज़ारों स्वर।

सिद्धार्थ सुनता रहा। वह अब एकाग्र होकर सुन रहा था, पूरी तरह तल्लीन, एकदम रिक्त, सब कुछ ग्रहण करता हुआ। उसे महसूस हुआ कि उसने अब सुनने की कला को पूरी तरह सीख लिया था। उसने अक्सर इस सबको पहले भी सुना था, नदी की इन सारी अनगिनत आवाज़ों को, लेकिन आज वे अलग सुनाई दे रही थीं। वह अब विभिन्न स्वरों में भेद नहीं कर पाता था—आनन्द-भरे स्वर और रुदन-भरे स्वर के बीच, बचकाने स्वर और पौरुषपूर्ण स्वर के बीच। वे सब एक-दूसरे के जान पड़ते थे : उत्कंठित और ललक-भरे लोगों का शोक, बुद्धिमानों की हँसी, रोष का चीत्कार और मरते हुओं की कराह। ये सब आपस में गुँथे और बँधे थे, हज़ारों तरीकों से आपस में लिपटे और बटे हुए। और सभी

स्वर, सभी लक्ष्य, सभी लालसाएँ, सभी दुख, सभी आनन्द, सारी अच्छाई और बुराई, ये सब मिलकर यह संसार था। ये सब मिलकर घटनाओं की धारा, जीवन का संगीत था।

जब सिद्धार्थ ध्यान से इस नदी को सुनता था, हज़ारों सुरों वाले इस गीत को; जब वह दुख या हँसी को न सुनता, जब वह अपनी आत्मा को किसी एक विशेष स्वर से न बाँधता और अपनी आत्मा में न सोखता, बल्कि उन सभी को सुनता, समूचा, अद्वैत; तब हज़ारों सुरों के इस महान गीत में एक शब्द होता : ओम—पूर्णता।

''सुन रहो हो?'' वासुदेव की निगाह ने एक बार फिर पूछा।

वासुदेव की मुस्कान जगमगाती हुई थी; वह उसके बूढ़े चेहरे की सभी झुर्रियों में चमकती हुई मँडरा रही थी, जैसे नदी के सारे सुरों के ऊपर ओम मँडराता था। अपने मित्र को निहारते हुए उसकी मुस्कान जगमगा रही थी और अब वही मुस्कान सिद्धार्थ के चेहरे पर प्रकट हुई। उसका घाव भर रहा था, उसकी पीड़ा छँट रही थी; उसका आत्म अद्वैत में समा गया था।

उसी घड़ी से सिद्धार्थ ने अपनी नियति के विरुद्ध लड़ना बन्द कर दिया। उसके चेहरे पर ज्ञान की शान्ति प्रदीप्त हो उठी, उस व्यक्ति की प्रशान्ति जिसका अब इच्छाओं के संघर्ष से आमना-सामना न हो, जिसने मोक्ष को खोज लिया हो, जिसका घटनाओं की धारा के साथ, जीवन की धारा के साथ, सामंजस्य हो, सहानुभूति और करुणा से भरा, अपने को धारा में समर्पित करता हुआ, सारी चीज़ों की एकता और अद्वैत का अंग बनकर।

नदी किनारे के आसन से उठते हुए, जब वासुदेव ने सिद्धार्थ की आँखों में झाँका और ज्ञान को, शान्ति को, उनमें चमकते देखा, उसने अपने करुणा-भरे रक्षा-तत्पर तरीके से उसके कन्धे को नरमी से छुआ और कहा : ''मैं इस घड़ी की प्रतीक्षा करता रहा हूँ, मित्र! अब वह आ गयी है, मुझे जाने दो। मैं बहुत लम्बे समय से वासुदेव माँझी रहा हूँ। अब यह सम्पन्न हो चुका है। विदा कुटिया, विदा नदी, विदा सिद्धार्थ!''

सिद्धार्थ जाते हुए व्यक्ति के सामने नीचे तक झुका।

''मैं जानता था,'' वह नरमी से बोला। ''क्या तुम वन को जा रहे हो?''

''हाँ, मैं वन को जा रहा हूँ : मैं सारी चीज़ों के अद्वैत को जा रहा हूँ,'' वासुदेव ने कहा, जगमगाते हुए।

और इस तरह वह चला गया। सिद्धार्थ उसे निहारता रहा। भारी आनन्द और गम्भीरता से वह उसे ताकता रहा, उसके शान्ति-भरे कदमों को देखता रहा, उसका चेहरा दमकता हुआ, उसका रूप पूरी तरह प्रकाशमान।

गोविन्द

एक बार गोविन्द ने विश्राम का समय कुछ और भिक्षुओं के साथ उस वाटिका में बिताया था जो गणिका कमला ने अर्सा पहले गौतम के अनुयायियों को भेंट में दे दी थी। वहाँ गोविन्द ने एक बूढ़े माँझी की चर्चा सुनी जो दिन भर के फ़ासले पर नदी के पास रहता था और जिसे कई लोग ज्ञानी पुरुष मानते थे। जब गोविन्द वहाँ से चला तो इस माँझी को देखने की उत्सुकता से उसने घाट को जाने वाला रास्ता चुना, क्योंकि हालाँकि उसने अपना जीवन नियम-धर्म के अनुसार बिताया था और अपनी उमर और विनम्रता के कारण अपेक्षाकृत छोटी उमर वाले भिक्षुओं द्वारा आदर से देखा जाता था, उसके हृदय में अब भी अशान्ति थी और उसकी खोज पूरी नहीं हुई थी।

वह नदी पर पहुँचा और उसने बूढ़े माँझी से कहा कि वह उसे नदी पार करा दे। जब दूसरे किनारे पर पहुँचकर वे नाव से उतरे तो उसने बूढ़े से कहा : "तुम भिक्षुओं और तीर्थयात्रियों के साथ बहुत भलमनसाहत बरतते हो; तुमने हममें से बहुतों को पार उतारा है। क्या तुम भी उचित पथ के खोजी नहीं हो?"

सिद्धार्थ की बूढ़ी आँखों में एक मुस्कान थी जब उसने कहा, "क्या तुम अपने को खोजी कहते हो, भन्ते, तुम जो वयोवृद्ध हो और गौतम के भिक्षुओं का चीवर पहने हो?"

"मैं सचमुच बूढ़ा हो गया हूँ," गोविन्द ने कहा, "लेकिन मैंने कभी खोजना बन्द नहीं किया है। मैं कभी खोजना बन्द नहीं करूँगा। यही मेरी नियति जान पड़ती है। ऐसा लगता है तुमने भी खोजा है। क्या तुम इस बारे में मुझसे कुछ बात करोगे, मित्र?"

सिद्धार्थ ने कहा, "मैं तुम्हें क्या कह सकता हूँ जिसका कोई मूल्य होगा, सिवा यह कि शायद तुम बहुत अधिक खोजते हो, कि अपनी खोज के परिणामस्वरूप

तुम पाते नहीं।''

''यह कैसे?'' गोविन्द ने पूछा।

''जब कोई खोज रहा होता है,'' सिद्धार्थ ने कहा, ''तो बड़ी सरलता से होता यह है कि वह उसी चीज़ को देखता है जिसे वह खोज रहा होता है; वह कुछ भी पाने में सफल नहीं होता, कुछ भी आत्मसात करने में समर्थ नहीं होता, क्योंकि वह केवल उसी चीज़ के बारे में सोचता है जिसे वह खोज रहा है, क्योंकि उसके पास एक लक्ष्य है, क्योंकि वह अपने लक्ष्य से अभिभूत है। खोजने का मतलब है : एक लक्ष्य का होना; लेकिन पाने का मतलब है मुक्त होना, ग्रहण करने योग्य होना, किसी लक्ष्य को सामने न रखना। तुम, भन्ते, शायद सचमुच एक अन्वेषक हो, क्योंकि अपने लक्ष्य की ओर बढ़ने के प्रयास में तुम बहुत-सी चीज़ें नहीं देखते जो तुम्हारी नाक के नीचे हैं।''

''मैं अब भी पूरी तरह नहीं समझा,'' गोविन्द ने कहा, ''क्या मतलब है तुम्हारा?''

सिद्धार्थ ने कहा, ''एक बार, भन्ते, बहुत साल पहले तुम इस नदी पर आये थे और तुमने एक आदमी को यहाँ सोते पाया था। तुम उसके सोने के दौरान उसकी रक्षा करने के लिए उसके पास बैठे थे, पर तुमने सोते हुए आदमी को नहीं पहचाना था, गोविन्द।''

चकित और मन्त्रमुग्ध व्यक्ति की तरह, भिक्षु उस माँझी को देखता रहा।

''क्या तुम सिद्धार्थ हो?'' उसने दबी हुई आवाज़ में पूछा। ''मैंने इस बार भी तुम्हें नहीं पहचाना। मैं तुम्हें फिर से देखकर बहुत खुश हूँ, सिद्धार्थ! तुम बहुत बदल गए हो, मित्र। और अब तुम एक माँझी बन गए हो क्या?''

सिद्धार्थ खुले दिल से हँसा, ''हाँ, मैं माँझी बन गया हूँ। कई लोगों को बहुत बदलना और तरह-तरह के परिधान धारण करने पड़ते हैं। मैं उन्हीं में से हूँ, मित्र। तुम्हारा स्वागत है, गोविन्द, और मैं अपनी कुटिया में रात बिताने का न्योता तुम्हें देता हूँ।''

गोविन्द उस रात कुटिया में रुका और उस चारपाई पर सोया जो कभी वासुदेव की थी। उसने अपनी युवावस्था के मित्र से बहुत-से सवाल पूछे और सिद्धार्थ के पास अपने जीवन के बारे में उसे बताने के लिए बहुत कुछ था।

जब अगली सुबह गोविन्द के जाने का समय आया तो उसने थोड़ी-सी हिचकिचाहट के साथ कहा, ''अपने रास्ते पर जाने से पहले मैं तुमसे एक और प्रश्न करना चाहता हूँ, सिद्धार्थ। क्या तुम्हारे पास ऐसा कोई मत, विश्वास या

सिद्धार्थ / 103

ज्ञान है जिसका तुम समर्थन करते हो और जो तुम्हें जीने और उचित काम करने में मदद करता है?''

सिद्धार्थ बोला, ''तुम जानते हो, मित्र, कि युवावस्था में ही, जब हम वन में तपस्वियों के साथ रहते थे, मैं सिद्धान्तों और गुरुओं पर सन्देह करने और उनकी ओर पीठ करने लगा था। मेरी मनःस्थिति अब भी वही है, हालाँकि उस समय से अब तक मेरे बहुत-से गुरु रहे हैं। एक लम्बे समय तक एक सुन्दर गणिका मेरी गुरु थी और एक धनी व्यापारी और एक जुआरी। एक अवसर पर एक बौद्ध भिक्षु मेरा गुरु था। उसने अपनी तीर्थयात्रा को बीच में रोक दिया था ताकि मेरे पास बैठ सके जब वन में मुझे नींद आ गयी थी। मैंने उससे भी कुछ सीखा और मैं उसका आभारी हूँ, बहुत आभारी। लेकिन सबसे अधिक मैंने नदी से और अपने पूर्ववर्ती वासुदेव से सीखा। वह एक सीधा-सादा आदमी था; वह विचारक नहीं था, लेकिन तत्व को उसने उतनी ही कुशलता से अनुभव किया, जितना गौतम ने। वह एक पुण्यात्मा था, सन्त था।''

गोविन्द ने कहा, ''मुझे लगता है, सिद्धार्थ, कि तुम्हें अब भी थोड़ी ठिठोली करना पसन्द है। मैं तुम पर विश्वास करता हूँ और जानता हूँ कि तुम किसी गुरु के अनुयायी नहीं बने हो, लेकिन स्वयं तुम्हारे पास अगर कोई सिद्धान्त न भी हो, तो भी क्या कुछ विचार नहीं हैं? क्या तुमने किसी ज्ञान को स्वयं नहीं खोज लिया है, जिसने तुम्हें जीवन जीने में सहायता दी हो? मुझे बहुत अच्छा लगेगा अगर तुम मुझे इस बारे में कुछ बताओगे।''

सिद्धार्थ ने कहा, ''हाँ, मुझे विचार आए हैं और यहाँ-वहाँ ज्ञान भी मिला है। कभी-कभी, एक घण्टे या एक दिन के लिए मुझे ज्ञान का बोध भी हुआ है, ठीक जैसे किसी को अपने हृदय में जीवन की अनुभूति होती है। मुझे बहुत विचार आते रहे हैं, लेकिन उनके बारे में तुम्हें बताना मेरे लिए कठिन होगा। लेकिन एक विचार जिसने मुझे प्रभावित किया है, वह यह है, गोविन्द, ''प्रज्ञा या बुद्धि सम्प्रेषित नहीं की जा सकती। जो बुद्धि एक बुद्धिमान व्यक्ति सम्प्रेषित करने की कोशिश करता है, वह हमेशा सुनने में मूर्खता जान पड़ती है।''

''क्या तुम हँसी कर रहे हो?'' गोविन्द ने पूछा।

''नहीं, मैं तुम्हें वह बता रहा हूँ जो मैंने खोजा है। ज्ञान बाँटा जा सकता है, लेकिन बुद्धि नहीं। हम उसे खोज सकते हैं, पा सकते हैं, उससे पुष्ट हो सकते हैं, उसके माध्यम से अद्भुत कार्य कर सकते हैं, लेकिन उसे बाँट या सिखा नहीं सकते। मुझे यही अनुमान था जब मैं अभी युवक ही था और इसी ने मुझे गुरुओं

से दूर भगा दिया था। एक खयाल मुझे रहा है, गोविन्द, जिसे तुम फिर ठिठोली या मूर्खता कहोगे : वह यह कि हर सत्य में उसका उलट भी उतना ही सच होता है। उदाहरण के लिए, कोई सत्य शब्दों में तभी व्यक्त किया और घेरा जा सकता है अगर वह इकतरफ़ा हो। हर बात जो शब्दों में सोची और व्यक्त की जाती है, वह एकपक्षी है, केवल अर्द्ध-सत्य; उसमें सम्पूर्णता, पूरापन, एकता का अभाव होता है। जब तथागत बुद्ध ने दुनिया के बारे में सिखाया तब उन्हें उसको संसार और निर्वाण में, माया और सत्य में, दुख और मोक्ष में बाँटना पड़ा। इसके लिए दूसरा रास्ता नहीं है, जो शिक्षा देते हैं उनके लिए और कोई तरीका नहीं है। लेकिन खुद दुनिया, जो हमारे भीतर और चारों ओर है, कभी इकतरफ़ा नहीं होती। कभी कोई आदमी या कर्म पूरी तरह संसार या पूरी तरह निर्वाण नहीं होता; कभी कोई आदमी पूरी तरह सन्त या पूरी तरह पापी नहीं होता। यह सिर्फ़ ऐसा लगता है, क्योंकि हम इस भ्रम से पीड़ित रहते हैं कि समय कोई ऐसी चीज़ है जो सच्ची है। समय वास्तविक नहीं है, गोविन्द। मुझे बार-बार इसका बोध हुआ है। और अगर समय वास्तविक नहीं है तो फिर इस दुनिया और अनन्तता के बीच, दुख और आनन्द के बीच, अच्छाई और बुराई के बीच जो विभाजक रेखा जान पड़ती है, वह भी एक भ्रम है।''

''यह कैसे?'' चकरा कर गोविन्द ने पूछा।

''सुनो, मित्र! मैं पापी हूँ और तुम पापी हो, लेकिन एक दिन पापी फिर से ब्रह्म हो जाएगा, एक दिन निर्वाण प्राप्त कर लेगा, एक दिन बुद्ध बन जाएगा। अब यह 'एक दिन' भ्रम है; यह केवल एक तुलना है। पापी बुद्ध-सरीखी अवस्था की ओर नहीं अग्रसर है; वह विकसित नहीं हो रहा, हालाँकि हमारी सोच चीज़ों का बोध दूसरी तरह नहीं कर सकती। नहीं, वह सम्भावित बुद्ध पहले ही से पापी में मौजूद है; उसका भविष्य पहले ही वहाँ है। उसके, तुम्हारे, हर एक के सम्भावित प्रच्छन्न बुद्ध को पहचाना जाना चाहिए। विश्व अपूर्ण नहीं है गोविन्द, न पूर्णता की ओर एक लम्बे पथ पर विकसित हो रहा है। नहीं, वह हर पल पूर्ण है; हर पाप पहले ही से अपने भीतर क्षमा लिये चल रहा होता है, सभी छोटे बच्चे सम्भावित बुड्ढे हैं, सभी शिशुओं के भीतर मृत्यु मौजूद होती है, सभी मरने वालों के भीतर अनन्त जीवन। एक आदमी के लिए यह देखना सम्भव नहीं है कि दूसरा पथ पर कितना आगे है; बुद्ध का अस्तित्व चोर और जुआरी में है; चोर ब्राह्मण के भीतर मौजूद है। गहरी समाधि और ध्यान में समय को निरस्त करना सम्भव है, सम्भव है एक ही साथ सारे भूत, वर्तमान और भविष्य को देखना और तब

हर चीज़ अच्छी है, हर चीज़ पूर्ण है, हर चीज़ ब्रह्म है। इसलिए मुझे लगता है हर चीज़ जो मौजूद है वह अच्छी है—मृत्यु भी और जीवन भी, पाप भी और पुण्य भी, बुद्धि भी और मूर्खता भी। हर चीज़ ज़रूरी है, हर चीज़ को सिर्फ़ मेरी सहमति, मेरी हामी, मेरी स्नेह-भरी समझदारी की ज़रूरत है, फिर मेरे साथ सब ठीक है और कुछ भी मुझे नुकसान नहीं पहुँचा सकता। मैंने अपनी देह और आत्मा के माध्यम से सीखा कि मेरे लिए पाप करना ज़रूरी था कि मुझे वासना की आवश्यकता थी, कि मुझे धन-सम्पदा के लिए प्रयास करना ही था और मिचलाहट और हताशा की गहराइयों का अनुभव करना ही था, ताकि मैं उनका प्रतिरोध न करना सीख सकूँ, ताकि मैं दुनिया को प्यार करना सीख सकूँ और उसकी तुलना आगे फिर किसी प्रकार की इच्छित काल्पनिक दुनिया से, पूर्णता की किसी काल्पनिक छवि से न करूँ, बल्कि वह जैसी है उसे वैसा छोड़ दूँ, उसे प्यार करूँ और उसका होने में खुशी महसूस करूँ। ये हैं कुछ विचार, गोविन्द, जो मेरे मन में हैं।''

सिद्धार्थ ने नीचे झुककर ज़मीन से एक पत्थर उठाया और उसे अपने हाथ में ले लिया।

''यह,'' उसने पत्थर को हाथ में लिये-लिये कहा, ''एक पत्थर है और काल की किसी अवधि में यह शायद मिट्टी हो जाएगा और मिट्टी से यह पौधा, पशु या मनुष्य बन जाएगा। पहले मैंने यह कहा होता कि यह पत्थर सिर्फ़ एक पत्थर है; उसका कोई मूल्य नहीं, यह माया के संसार से जुड़ा है, लेकिन शायद परिवर्तन के चक्र में चूँकि यह मनुष्य और आत्मा भी बन सकता है, इसलिए इसका भी महत्त्व है। मैंने ऐसा ही सोचा होता। लेकिन अब मैं सोचता हूँ : यह पत्थर पत्थर है; यह पशु, ईश्वर और बुद्ध भी है। मैं इसलिए इसका आदर नहीं करता, क्योंकि यह एक चीज़ था और कुछ और चीज़ बन जाएगा, बल्कि इसलिए कि यह अर्सा पहले से हर चीज़ रहा है और हमेशा हर चीज़ है भी। मैं इसे पसन्द करता हूँ महज़ इसलिए कि यह एक पत्थर है, क्योंकि आज और अभी यह मुझे पत्थर लगता है। मैं इसकी हर सूक्ष्म रेखा और गड्ढे में, इसके पीलेपन में, इसके धूसर रंग में, इसकी कठोरता में, इसकी ध्वनि में जब मैं इसे ठकठकाता हूँ, इसकी सतह के सूखेपन और नमी में मूल्य और अर्थ देखता हूँ। ऐसे पत्थर हैं जो तेल या साबुन जैसे महसूस होते हैं, जो पत्तों या रेत जैसे दिखते हैं और हरेक अलग है और अपने निजी ढंग से ओम की पूजा करता है, इनमें से हरेक ब्रह्म है। उसी समय वह पूरी तरह पत्थर है, तेल जैसा या साबुन जैसा और यही है जो मुझे

पसन्द आता है और अद्भुत और पूजा के योग्य लगता है। लेकिन मैं अब इसके बारे में अब और कुछ नहीं कहूँगा। शब्द विचारों को बहुत अच्छी तरह व्यक्त नहीं करते। जैसे ही उन्हें व्यक्त किया जाता है, वे तत्काल कुछ अलग बन जाते हैं, थोड़े-से विकृत, थोड़े-से मूर्खतापूर्ण। और इस पर भी मुझे यह भी पसन्द है और उचित लगता है कि जो एक आदमी के लिए मूल्यवान और बुद्धिमानी से भरा है वह दूसरे को अर्थहीन लगता है।''

गोविन्द चुपचाप सुनता रहा था।

''तुमने मुझे पत्थर के बारे में क्यों बताया?'' उसने छोटे-से अन्तराल के बाद हिचकिचाते हुए पूछा।

''मैंने ऐसा बिना किसी इरादे के किया। लेकिन शायद यह इस बात को उदाहरण के साथ समझाता है कि मुझे महज़ इस पत्थर और नदी और इन सारी चीज़ों से प्यार है जिन्हें हम देखते हैं और जिनसे हम सीख सकते हैं। मैं एक पत्थर से प्रेम कर सकता हूँ, गोविन्द, और एक पेड़ से या छाल के टुकड़े से। ये चीज़ें हैं और हम चीज़ों से प्यार कर सकते हैं। लेकिन कोई शब्दों से प्यार नहीं कर सकता। इसलिए प्रवचन और सिद्धान्त मेरे किसी काम के नहीं हैं; उनमें कोई कठोरता नहीं, कोई कोमलता नहीं, कोई रंग नहीं, कोई कोने नहीं, कोई गंध नहीं, कोई स्वाद नहीं—उनमें शब्दों के सिवा कुछ भी नहीं। शायद यही है जो तुम्हें शान्ति पाने से रोकता है, शायद शब्द ही बहुत ज़्यादा हैं क्योंकि मोक्ष और सद्गुण, संसार और निर्वाण भी शब्द ही हैं, गोविन्द। निर्वाण कोई चीज़ नहीं है; निर्वाण सिर्फ़ शब्द है।''

गोविन्द ने कहा, ''निर्वाण केवल एक शब्द ही नहीं है, मित्र; वह एक विचार है।''

सिद्धार्थ ने बात जारी रखी, ''वह एक विचार हो सकता है, लेकिन मुझे मानना पड़ेगा मित्र, कि मैं विचारों और शब्दों के बीच बहुत अन्तर नहीं कर पाता। सच पूछो तो, मैं विचारों को भी बहुत महत्त्व नहीं दे पाता। मैं चीज़ों को ज़्यादा महत्त्व देता हूँ। मिसाल के लिए, इस घाट पर एक आदमी था जो मेरा पूर्ववर्ती और गुरु था। वह एक पुण्यात्मा था जिसका बहुत वर्षों तक केवल नदी में विश्वास था और किसी चीज़ में नहीं। उसका ध्यान गया कि नदी का स्वर उससे बातें करता था। वह उससे सीखता; उसने उसे शिक्षित किया और सिखाया। नदी उसे ईश्वर जैसी लगती थी और बहुत वर्षों तक उसे यह नहीं पता था कि हवा का हर झोंका, हर बादल, हर पक्षी, हर भौंरा उतना ही दैवी है और जानता है और

पावन नदी की-सी कुशलता से सिखा सकता है। लेकिन जब यह पुण्यात्मा वनों की ओर चला गया, उसे सब कुछ मालूम था; उसे तुमसे और मुझसे ज़्यादा मालूम था, बिना गुरुओं के, बिना ग्रन्थों के, केवल इसलिए कि वह नदी में विश्वास करता था।''

गोविन्द ने कहा, ''लेकिन जिसे तुम चीज़ कहते हो, वह क्या कोई असली चीज़ है, कोई भीतरी चीज़? क्या वह केवल माया का भ्रम नहीं है, केवल परछाई और रूप? तुम्हारे पत्थर, तुम्हारा पेड़, क्या वे वास्तविक हैं?''

''यह भी मुझे बहुत परेशान नहीं करता,'' सिद्धार्थ ने कहा। ''अगर वे भ्रम हैं तब मैं भी भ्रम हूँ और इस तरह उनकी प्रकृति वही है, जो मेरी। यही है जो उन्हें इतना प्रेम और आदर के योग्य बनाता है। इसीलिए मैं उनसे प्रेम कर सकता हूँ। और यह रहा एक सिद्धान्त जिस पर तुम हँसोगे। मुझे ऐसा लगता है गोविन्द कि दुनिया में प्रेम ही सबसे महत्त्वपूर्ण चीज़ है। हो सकता है, महान विचारकों के लिए दुनिया को परखना, उसकी व्याख्या और तिरस्कार करना महत्त्वपूर्ण हो, लेकिन मेरे खयाल में दुनिया को प्रेम करना ही महत्त्वपूर्ण है उसका तिरस्कार करना नहीं, हमारे लिए एक-दूसरे से नफ़रत करना नहीं, बल्कि दुनिया के प्रति और खुद अपने प्रति और सभी जीवों के प्रति प्रेम, सराहना और आदर का भाव रखने के योग्य होना।''

''यह मैं समझता हूँ,'' गोविन्द ने कहा, ''लेकिन यही है जिसे तथागत ने माया कहा था। उन्होंने भलाई, सहनशीलता, सहानुभूति, धीरज का उपदेश दिया था, लेकिन प्रेम का नहीं। उन्होंने निषेध किया था कि हम लौकिक प्रेम से खुद को न बाँधें।''

''मैं जानता हूँ,'' सिद्धार्थ ने दमकती हुई मुस्कान के साथ कहा। ''मैं यह जानता हूँ, गोविन्द, और यहाँ हम अपने को शब्दों की टकराहट के भीतर अर्थों की भूल-भुलैयाँ में पाते हैं, क्योंकि मैं इनकार नहीं करूँगा कि प्रेम के बारे में मेरे शब्द प्रकट रूप से गौतम के धर्मोपदेशों के विरुद्ध लगते हैं। इसीलिए तो मैं शब्दों का इतना अविश्वास करता हूँ, क्योंकि मैं जानता हूँ कि यह अन्तर्विरोध एक भ्रम है। मैं जानता हूँ कि मैं गौतम से एकमेक हूँ। सचमुच यह कैसे हो सकता है कि वे प्रेम को न जानें, वे जिन्होंने सारी मानवता के मिथ्या अभिमान और निःसारता को पहचाना है, इसके बावजूद एक लम्बा जीवन केवल लोगों की सहायता करने और सीख देने के लिए समर्पित किया है? इस महान गुरु के साथ मेरे लिए वस्तु शब्दों की तुलना में ज़्यादा महत्त्वपूर्ण है; मेरे लिए उनके कर्म और

उनका जीवन उनके मतों और मान्यताओं से अधिक महत्त्वपूर्ण है। शब्दों या विचारों में उन्हें मैं महान व्यक्ति नहीं मानता, बल्कि कर्मों और जीवन में।''

दोनों बूढ़े आदमी काफ़ी देर तक चुप रहे। फिर जब गोविन्द जाने के लिए तैयार हो रहा था, उसने कहा : ''मैं तुम्हें धन्यवाद देता हूँ सिद्धार्थ कि तुमने मुझे अपने विचारों के बारे में कुछ बताया। उनमें से कुछ विचित्र विचार हैं। मैं तत्काल उन सबको नहीं समझ सकता। फिर भी मैं तुम्हें धन्यवाद देता हूँ और तुम्हारे लिए शान्ति-भरे बहुत-से दिनों की कामना करता हूँ।''

लेकिन मन-ही-मन उसने सोचा : सिद्धार्थ एक अजीब आदमी है और विचित्र विचार व्यक्त करता है। उसके विचार उद्भ्रान्त-से जान पड़ते हैं। तथागत के सिद्धान्त सुनने में कितने भिन्न लगते हैं। वे स्पष्ट, सीधे, बोधगम्य हैं; उनमें कुछ भी अजीब, बेलगाम या हास्यास्पद नहीं है। लेकिन सिद्धार्थ के हाथ-पैर, उसकी आँखें, उसका ललाट, उसका साँस लेना, उसकी मुस्कान, उसका अभिवादन, उसका चलना मुझ पर उसके विचारों की तुलना में अलग असर डालता है। जब से हमारे यशस्वी गौतम निर्वाण को प्राप्त हुए, मैं कभी सिद्धार्थ के अलावा किसी आदमी से नहीं मिला जिसके बारे में मैंने महसूस किया हो कि यह एक पुण्यात्मा है। सम्भव है उसके विचार अजीब हों, सुनने में उसके शब्द मूर्खतापूर्ण हों, लेकिन उसकी दृष्टि और उसका हाथ, उसकी त्वचा, उसके केश—सब से एक पवित्रता, शान्ति, धीरता, कोमलता और सन्तत्व विकीरित होता है जो मैंने अपने यशस्वी गुरु के हाल में हुए निधन के बाद से कभी किसी आदमी में नहीं देखा।

जिस बीच गोविन्द को ये खयाल आ रहे थे और उसके हृदय में संघर्ष था, उसने फिर झुककर सिद्धार्थ को नमन किया, उसके प्रति लगाव से भरकर। शान्ति से बैठे उस व्यक्ति के आगे वह नीचे तक झुका।

''सिद्धार्थ,'' उसने कहा, ''अब हम बूढ़े आदमी हैं। हो सकता है, इस जीवन में फिर कभी एक-दूसरे को न देख पाएँ। मैं देख सकता हूँ, मित्र, कि तुम्हें शान्ति मिल गई है। मैं जानता हूँ कि मैं उसे खोज नहीं पाया हूँ। मुझे एक और शब्द बताओ, मेरे आदरणीय मित्र, मुझे ऐसा कुछ बताओ जिसका मुझे बोध हो सके, जिसे मैं समझ पाऊँ। मुझे कुछ ऐसा दो जो मेरे पथ पर मेरी सहायता कर सके, सिद्धार्थ। मेरा पथ अक्सर कठोर और अन्धकारमय है।''

सिद्धार्थ मौन रूप से अपनी शान्त, निरुद्विग्न मुस्कान के साथ उसे देखता रहा। गोविन्द ने एकटक उसके चेहरे पर आँखें गड़ाए रखीं, चिन्ता से, आकांक्षा से। उसकी दृष्टि में कष्ट, निरन्तर खोज और अनवरत विकलता झलक रही थी।

सिद्धार्थ ने इसे देखा और मुस्कराया।

''झुक कर मेरे निकट आओ,'' उसने गोविन्द के कान में दबे स्वर से कहा। ''और निकट आओ, काफ़ी निकट। मेरे ललाट को चूमो, गोविन्द!''

हालाँकि वह चकित हुआ था, गहरे प्रेम और पूर्वाभास से प्रेरित होकर गोविन्द उसकी बात मानने को विवश हो गया; वह झुककर उसके नज़दीक गया और उसने अपने होंटों से उसका माथा चूमा। जैसे ही उसने यह किया उसके साथ कुछ अद्भुत घटित हुआ। जिस बीच वह सिद्धार्थ के अजीब शब्दों पर सोच-विचार कर रहा था, जब वह काल की अवधारणा को निरस्त करने, निर्वाण और संसार को एक मानने की निष्फल कोशिश कर रहा था, जिस बीच अपने मित्र के शब्दों के प्रति एक अवमानना उसके प्रति प्रेम और आदर की भावना से टकरा रही थी, यह हुआ उसके साथ।

वह अब अपने मित्र सिद्धार्थ का चेहरा नहीं देख पा रहा था। इसके बदले उसने दूसरे चेहरे देखे, बहुत-से चेहरे, चेहरों की एक लम्बी शृंखला, एक अनवरत धारा—सैकड़ों, हज़ारों जो सब के सब आए और लुप्त हो गए और तिस पर भी सब उसी समय वहाँ उपस्थित भी जान पड़ते थे, जो सब निरन्तर बदल रहे थे और अपने को फिर से नया कर रहे थे और जो इसके बावजूद सब-के-सब सिद्धार्थ थे। उसने डरावने, पीड़ा से विकुंचित मुँह वाली एक मछली, एक शफरी का चेहरा देखा, बुझी-बुझी आँखों वाली एक मरती हुई मछली। उसने एक नये जन्मे शिशु का चेहरा देखा, लाल और झुर्रियों से भरा, रोने को तैयार। उसने एक हत्यारे का चेहरा देखा, उसे एक आदमी के शरीर में छुरा भोंकते देखा, उसी पल उसने इस अपराधी को घुटनों के बल, बँधे हुए बैठे देखा और उसके सिर को वधिक द्वारा काटे जाते। उसने आवेग-भरे प्रणय की मुद्राओं और विभोरता में लीन पुरुषों और स्त्रियों के नग्न शरीर देखे। उसने शव देखे, लेटे हुए, निश्चल, ठंडे, रिक्त। उसने पशुओं के सिर देखे, जंगली शूकर, मगरमच्छ, हाथी, बैल, पक्षी। उसने कृष्ण और अग्नि को देखा। उसने इन सारे रूपों और मुखाकृतियों को एक-दूसरे के साथ हज़ारों सम्बन्धों में देखा, सब एक-दूसरे की मदद करते हुए, एक-दूसरे को प्यार करते हुए, नफ़रत करते और नष्ट करते हुए और नये जन्म लेते हुए। हरेक उस सबका, जो अस्थायी और नश्वर है, एक मरणधर्मा, आवेग-भरा, पीड़ादायक उदाहरण था। तिस पर भी उनमें से एक भी मरा नहीं, वे सिर्फ़ बदलते रहे, हमेशा फिर से जन्म लेते रहे, लगातार एक नये चेहरे के साथ : एक चेहरे और दूसरे चेहरे के बीच सिर्फ़ समय मौजूद रहा। और ये सभी रूप और मुखाकृतियाँ रुकतीं,

बहतीं, फिर से जन्मतीं, तैरती चली जातीं और एक-दूसरे में मिल जातीं और उन सबके ऊपर लगातार कुछ था—पतला, अवास्तविक और इस पर भी अस्तित्वमान—पतले काँच या बर्फ़ की तरह, पारदर्शी त्वचा, छिलके, रूप या पानी के मुखौटे की तरह आर-पार फैला हुआ—और यह मुखौटा सिद्धार्थ का मुस्कराता चेहरा था जिसे उस पल गोविन्द ने होंटों से छुआ था। और गोविन्द ने देखा कि यह मुखौटे जैसी मुस्कान, बहते हुए रूपों के ऊपर एकता की यह मुस्कान, हज़ारों जन्मों और मौतों के ऊपर यह एककालिकता की मुस्कान—सिद्धार्थ की यह मुस्कान—हू-ब-हू वैसी ही थी जैसी गौतम बुद्ध की शान्त, सुकुमार, अभेद्य, शायद कृपालु; शायद उपहास-भरी, प्रज्ञावान, हज़ार-गुना मुस्कान, जैसी उसने विस्मय के साथ सैकड़ों बार अनुभव की थी। गोविन्द को मालूम था कि इसी ढंग से तथागत मुस्कराते थे।

इस बात से अब अनभिज्ञ कि समय का अस्तित्व था या नहीं, यह अनावरण एक पल तक चला था या एक सदी तक, कहीं कोई सिद्धार्थ या गौतम, स्व और दूसरे थे या नहीं, एक दैवी तीर से गहरे रूप से घायल जो उसे आनन्दित भी कर रहा था, अत्यंत मन्त्रमुग्ध और उल्लसित भी, गोविन्द कुछ देर और सिद्धार्थ के शान्त चेहरे पर झुका रहा जिसे उसने अभी-अभी चूमा था, जो अभी-अभी सारे वर्तमान और भावी रूपों की रंगस्थली बना हुआ था। सतह से उन हज़ार-गुना रूपों के दर्पण के लुप्त हो जाने के बाद सिद्धार्थ की मुखमुद्रा बदली नहीं थी, जस-की-तस थी। वह शान्ति और कोमलता से, शायद बहुत उपहास-सा करता हुआ मुस्करा रहा था, हू-ब-हू जैसे तथागत मुस्कराया करते थे।

गोविन्द ने नीचे तक सिर झुकाया। उसके बूढ़े चेहरे पर नियन्त्रित न किए जा सकने वाले आँसू बह रहे थे। वह गहरे प्रेम की, अत्यन्त विनम्र श्रद्धा की भावना से अभिभूत था। उसने सिर नीचे झुकाया, ठीक धरती तक—वहाँ निश्चल बैठे उस आदमी के सामने, जिसकी मुस्कान उसे उस सबकी याद दिला रही थी जिससे उसने ज़िन्दगी में कभी प्यार किया था, उस सबकी जो उसकी ज़िन्दगी में कभी मूल्यवान और पवित्र रहा था।

❑❑❑